读客悬疑文库

认准读客读悬疑，本本都是大师级。

[日] 凑佳苗　著

曹逸冰　译

赎罪

贖罪

湊かなえ

北京日报出版社

图书在版编目（CIP）数据

赎罪 /（日）凑佳苗著；曹逸冰译 . -- 北京：北京日报出版社，2024.5（2024.7 重印）

ISBN 978-7-5477-4721-6

Ⅰ.①赎… Ⅱ.①凑… ②曹… Ⅲ.①推理小说 - 日本 - 现代 Ⅳ.① I313.45

中国国家版本馆 CIP 数据核字 (2023) 第 220160 号

SHOKUZAI
Copyright © Kanae Minato 2012
All rights reserved.
Original Japanese edition published in 2012 by Futabasha Publishers Ltd., Tokyo.
This Simplified Chinese language edition is published by arrangement with
Futabasha Publishers Ltd., Tokyo in care of Tuttle-Mori Agency, Inc., Tokyo

中文版权：© 2024 读客文化股份有限公司
经授权，读客文化股份有限公司拥有本书的中文（简体）版权
图字：01-2024-1324号

赎罪

作　　者：［日］凑佳苗
译　　者：曹逸冰
责任编辑：王　莹
特约编辑：张　齐　　　齐海霞
文字编辑：毛雅葳
封面设计：陈绮清
出版发行：北京日报出版社
地　　址：北京市东城区东单三条8-16号东方广场东配楼四层
邮　　编：100005
电　　话：发行部：（010）65255876
　　　　　总编室：（010）65252135
印　　刷：三河市龙大印装有限公司
经　　销：各地新华书店
版　　次：2024年5月第1版
　　　　　2024年7月第2次印刷
开　　本：880毫米×1230毫米　1/32
印　　张：7.5
字　　数：138千字
定　　价：45.00元

贖罪

湊かなえ

SHOKUZAI

KANAE MINATO

目录

洋娃娃

麻子阿姨：

感谢您前些天出席我的婚礼。

我全程都在担心，您会不会被来自那座乡下小镇的亲戚勾起当年的往事，心里不痛快。因为他们完全没意识到自己的言行是多么放肆无礼。

七年前，我从高中毕业，考进了东京的一所女子大学。那时我才意识到，老家是真的一无所有，也就"空气干净"这一点拿得出手了。

我住了四年大学宿舍。父母得知我想去东京上大学时，曾一致反对。

被坏人骗去卖身怎么办？染上毒瘾怎么办？万一被人给害死了呢？

看到这里，长在大城市的您怕是会忍不住笑出来，想他们哪儿来的那些乱七八糟的想法。

我搬出父母爱看的电视节目抗议道:"那是你们看多了《大都会二十四小时》节目!"不过实话实说,我自己也不止一次有过那般骇人的想象,却无论如何都无法打消去东京的念头。

"东京有什么好的?咱们县[1]里的大学不也有你想上的专业吗?如果觉得走读吃力,出去租房也不贵,有事还能随时回家,大家都放心啊!"父亲如此劝说。

"放心?我这八年来过的是什么担惊受怕的日子,你们心里还没数吗?"

这话一出口,他们就不再反对了,只提了一个条件:不许单独租房住,必须住学生宿舍。我对此并无异议。

初次到访东京时简直跟进入异世界一样。走出新干线一看,到处都是人,热闹得让我怀疑车站大楼里的人是不是比那座乡下小镇的人口还多。但更令我惊讶的是,明明有那么多人,大家却能各走各的,而不会撞到别人。我一边抬头看指示牌,一边找地铁换乘口,走得犹犹豫豫,但最后也顺利走到了目的地,一路上没撞到任何人。

地铁里的景象更令我惊讶。周围的乘客看着好像都有伴儿,却几乎没人说话。大声说笑的很少,基本上是外国人。

---

1 日本的行政区划单位,日本的"县"的行政级别相当于中国的"省"。——编者注

高中之前我都是走路去上学，高中也只需要骑车，所以每年坐电车的次数屈指可数，最多就是跟亲朋好友坐车去百货店或购物中心等地方。去程不到一小时，我们聊天都不带停的。

买点儿什么呢？下个月是某某的生日，顺便把礼物买了吧。午饭吃麦当劳还是肯德基？……绝不是我们不守规矩，而是因为车厢里充斥着欢声笑语，也没人对此皱眉头，我原以为电车就该这么坐。

我忽然心想：东京人是不是都看不见周围啊？是不是都对他人漠不关心啊？旁边的人只要不给自己添麻烦，做什么都无所谓吗？他们是不是连坐对面的人在看什么书都懒得知道？不管站在眼前的人背着多高档的名牌包，他们都不会瞧上一眼？

回过神来才发现，我的泪水已夺眶而出。看到一个拎着大包的乡巴佬哭了，他们也许会误以为我想家了吧。我尴尬地抹着眼泪，环顾四周，却发现根本没人在看我。

我感动极了，觉得东京比自己想象的还要美妙。我并不是冲着时髦的商店和各种好玩的地方来的。

我想融入那些对我的过往一无所知的人，然后隐身其中。

更准确地说，我想把自己这个凶案目击者藏起来，免得被尚未落网的凶手看到。

宿舍是四人间，室友都不是东京人。第一天，大家轮流作自我介绍，顺便炫耀各自的老家。有的老家有好吃的乌冬面，有的老家有温泉，有的跟棒球明星是老街坊……她们口中的老家好歹都是我听说过的城市或乡镇。

我报出那座小镇的名字，可她们连它在哪个县都不知道。

她们问那是个什么样的地方。我回答道："是座空气很好的镇子。"

您应该明白，我这么说并不是因为它实在没其他值得炫耀的长处。

我生在那里，每天理所当然地呼吸着那里的空气。直到案发那年春天，刚升上小学四年级的时候，我才意识到自己呼吸的空气有多干净。

上社会课的时候，班主任泽田老师说道："同学们，你们住在全日本空气最干净的地方。凭什么这么说呢？医院和研究室使用的精密仪器都得在空气中没有杂质的环境下制造，所以生产精密仪器的工厂也都建在空气好的地方。今年，日本头号精密仪器制造商足立制作所在这里建设了新工厂，这就等于官方认证了我们镇子是全日本空气最干净的地方。大家都应该为自己生活在这样一个美好的地方而自豪！"

我们在课后问爱美莉，老师说得对不对。

"我爸爸也是这么说的。"

听到爱美莉的回答，我们才真正认识到自家小镇是个空气干净的地方。倒不是因为爱美莉的父亲是铜铃眼、面相凶的足立制作所高管，而是因为他来自东京。

起初，没有一个本地孩子觉得镇上没有便利店有什么不便。自出生起就存在的东西才是理所当然的。就算在电视上看到芭比娃娃的广告，那也是我们从没见过的玩具，我们不会有想要的念头。家家户户摆在客厅里的洋娃娃才更要紧。

但工厂建成后，我们渐渐生出了一种不可思议的感觉。因为以爱美莉为首的东京转校生让我们一点点意识到，自己眼里的日常生活其实是相当落后和不便的。

他们住的地方都跟我们很不一样。镇上第一次建起了超过五层的楼房。在我们看来，足立制作所的员工公寓好似异国的城堡，尽管它的设计理念是融入自然。

爱美莉就住在公寓最高的七层。得知她要请住在镇子西区的女同学去家里做客时，我简直兴奋得睡不着觉。

她请了四个人，分别是我、真纪、由佳和晶子。

我们从小一起玩，在差不多的环境里长大。我们在爱美莉家看到的一切，都是那样新鲜。

首先，我惊讶于房间没有用墙隔开。那时我还没有"客餐厨一体化"的概念，看到放电视的地方、吃饭的地方跟厨房是通的，我着实吓了一跳。

爱美莉为我们倒了红茶，茶壶、茶杯都是成套的。要是我们家有这样的茶具，大人肯定不会让孩子碰。配套的盘子里摆着缀满果粒的水果挞。除了草莓，我都叫不出其他水果的名字。我吃得津津有味，却又觉得自己格格不入。

用过了茶点，爱美莉从自己的房间拿来芭比娃娃和心形塑料衣盒，提议大家一起玩。还记得那一天，那个芭比娃娃穿着和爱美莉一模一样的衣服。

"涩谷有一家卖芭比同款衣服的店，这套就是去年我过生日的时候买的，是不是呀，妈妈？"

我听得直想逃。

就在这时，不知是谁说了一句："让我们看看爱美莉家的洋娃娃吧！"

听到这话，爱美莉一脸疑惑地反问："什么洋娃娃？"

爱美莉没有洋娃娃。

不光没有，她甚至不知道洋娃娃为何物。我那颗几乎塌瘪的心瞬间膨胀起来。爱美莉不知道洋娃娃也很正常，毕竟城里早就看不到这种过时的摆设了。

镇上稀稀拉拉的老旧木结构日式民宅有一个共同点：离门口最近的都是西式客厅。而且家家户户的客厅都装了水晶吊灯，还摆着装在玻璃柜里的洋娃娃。洋娃娃并不是什么新鲜的摆设，但在爱美莉搬来的一个多月前，参观各家的洋娃娃这项活动在女生之中悄然流行起来。

起初只看朋友家的，后来渐渐扩大到了所有街坊邻居家。毕竟是乡下小镇，大家都是认识的，而且客厅就在门口，所以不太有人拒绝。

我们还弄了一份"洋娃娃备忘录"，搞了个洋娃娃排行榜。当年不比现在，孩子们没法轻易拍照，大家发现了中意的洋娃娃，就会用彩色铅笔画下来。

排名主要取决于洋娃娃的裙子有多好看，但我更爱观察洋娃娃的脸。因为我觉得洋娃娃跟家里的孩子、母亲还挺像的，可能是家里人的个性会反映在选购的洋娃娃身上吧。

爱美莉想看洋娃娃，于是我们就决定带着她去排名前十的人家开开眼。住公寓的孩子肯定都没见过，所以爱美莉还叫上了几个不知姓名和年级的孩子。队伍里甚至莫名其妙地混进了几个男生。

第一家的人说"你们组了个洋娃娃观光团呀"。我们很中意这个说法，决定就这么命名那天的活动。

我家的娃娃排名第二。它穿着粉红色的连衣裙，胸口和下摆用雪白的羽毛镶边，肩膀和腰部饰有大朵的紫色玫瑰。但我更喜欢它的脸，总觉得它跟自己长得有点儿像。我曾用记号笔在它的右眼下面点了一颗跟自己一样的泪痣，还被母亲训斥了一通。我也很喜欢它看不出是大人还是小孩的特殊气质。

"好看吧？"还记得我如此吹嘘，城里来的孩子们却好像已经没了兴致，一脸失望。

逛完最后一家，爱美莉说道："还是芭比好看。"爱美莉肯定是没有恶意的。但就是因为她的这句话，原本光彩夺目的洋娃娃魅力尽失。从那天起，我们就再也没关注过洋娃娃，娃娃备忘录也被塞进了书桌抽屉的深处，不见天日。

谁知三个月后的洋娃娃失窃案让全镇上下都讨论起了洋娃娃。不知您对这件事了解多少？

七月底的夏日祭[1]当晚，镇上有五户人家丢了洋娃娃。我家也是失主之一。说来奇怪，家里完全没有被翻动过的痕迹，钱也没被偷，只有玻璃柜里的洋娃娃不见了。

夏日祭的各项活动都在小镇尽头的社区中心广场举办。傍晚六点开始有盂兰盆舞大会，九点以后是K歌大赛，大概晚上十一点才结束。居委会免费提供西瓜、冰激凌、挂面、啤酒等餐食，还摆了几个卖刨冰和棉花糖的小摊，算是镇上规模比较大的活动了。

丢了洋娃娃的人家有两个共同点（我家也不例外）：第

---

[1] 日本在夏季举行的各种民俗活动的总称，通常在7月到8月举办。——译者注（书中注释如无特别说明，均为译者注）

一，全家都去了活动会场；第二，大门没上锁。那个年代家家户户都不锁门的，送东西上门的时候家里没人，就直接开门撂在门口的水泥地上也是常有的事。

因为不久前才搞过洋娃娃观光团，警方很快就认定这是孩子的恶作剧。发生在夏日祭晚上的怪事就这样落下了帷幕，到头来也没找到小偷和洋娃娃。

"都怪你们搞什么观光团，害得没有洋娃娃的孩子眼红了！"

记得父亲如此教训过我。

暑假虽是以那样一件事开的头，但我们还是从早玩到晚。小学的游泳池是我们的最爱。我们上午集中去某个人家里做作业，下午去游泳池，游泳池四点关门后，还要在学校操场玩到太阳下山。

听说最近连乡下的小学都会采取各种安保措施，节假日连小朋友都不能随便进。但当年我们在学校里玩到天黑也不会被批评。

偶尔在傍晚六点的《绿袖子》音乐响起前到家，大人都会说"这么早就回来啦"，甚至会问"是不是跟同学吵架了"。

刚出事的时候，我就跟警察、老师、我的父母、其他孩子的父母，还有您和您先生讲述过当天的经过，之后也说过好几回。能说出来的，能想起来的，我都说过了。但我还是想借这个机会，再按顺序叙述一遍。因为这也许是最后一次了……

八月十四日傍晚。因为那天是传统节日盂兰盆节，平时一起玩的几个孩子不是去走亲戚了，就是有亲戚回来了，所以在学校操场上玩的只有五个人：真纪、由佳、晶子、爱美莉和我。

我们四个本地孩子不是跟祖父母住在一起，就是祖父母和亲戚都住在镇上，所以盂兰盆节对我们来说不是什么特别的日子，可以照常玩耍。

盂兰盆节期间，从东京来的工厂职工大多不在镇上，但爱美莉没走。那天她告诉我们，她父亲还有工作要忙，而且一家人八月底要去关岛旅行，所以盂兰盆节就原地不动了。

虽然洋娃娃观光团搞出了一点儿小尴尬，但我们很快就打成了一片，仿佛什么都没发生过。这也许是因为爱美莉很喜欢我们后来搞的探险游戏。

盂兰盆节期间，游泳池是不开放的，所以我们在体育馆后面的操场角落玩起了排球。玩法很简单，就是围成一圈，不停地传球。但我们玩得特别投入，说什么都要传到一百次。

就在这时，那个人走了过来，跟我们搭话："小朋友，有空吗？"

他穿着带点儿黄绿色的灰色工作服，头上缠着白毛巾。

被他冷不丁地这么一问，那天手感特别差的由佳没接住球。

那个人捡起滚过去的球，朝我们走来。他脸上笑眯眯的，吐字也很清楚："叔叔是来检查游泳池更衣室的换气扇的，但一时粗心忘了带梯子。只要骑在叔叔肩上拧个螺丝就行，有没有人愿意帮个忙呀？"

现在的小学生遇到这种情况时会起戒心吗？只要有"学校也不一定安全"的意识，那件事就不会发生了吗？还是说，只要大人平时反复教导孩子，碰到陌生人搭话，就要大声呼救，逃得远远的，就能平安无事？

在那个年代的乡下，大人顶多只会叮嘱孩子，不要听信"叔叔给你糖吃"或"你家里人生病了"这样的借口，随随便便上陌生人的车。

我是完全没怀疑过眼前的大叔。不知道爱美莉是怎么想的，但其他孩子应该也差不多。听到"帮忙"二字时，我甚至想自告奋勇。

"我个子最小，最好扛。"

"够不着换气扇就麻烦了，要不让我去吧，我个子最高。"

"你们会拧螺丝吗？我可会拧了！"

"要是螺丝太紧怎么办？我力气大，肯定没问题的！"

大家七嘴八舌。爱美莉一声不吭。

那个男人依次打量在场的五个孩子："个子不能太矮，也不能太高……眼镜掉了也麻烦，你看着又重了点儿……"

最后，他看着爱美莉说道："你最合适。"

爱美莉面露难色，看向我们。

不知是为了爱美莉，还是自己没被选中心有不甘，真纪提议："大家一起去吧！"其余三人也表示赞成。

"谢谢你们，可是更衣室太小了，这么多人一起去会影响叔叔工作的，而且容易磕着碰着，所以你们还是在这儿等吧，很快就好。回头请你们吃冰激凌呀。"

没人提出异议。于是他便说："那我们走吧。"然后他牵着爱美莉的手穿过操场。游泳池在大操场的另一边，我们没一直盯着他们走过去，而是继续打排球。

打了一会儿排球后，我们坐在太阳晒不到的体育馆门口的台阶上闲聊起来。明明放暑假了，可哪儿也去不了。要是爷爷家住得再远点儿就好了。听说爱美莉下周要去关岛了。关岛算美国，还是它就算一个国家呀？不知道呀……好羡慕爱美莉哦。她今天也穿着芭比娃娃的衣服。长得也漂亮。那叫柳叶眼吧？真好看。她爸爸妈妈明明都是凸眼星人。迷你裙好好看哦！爱美莉的腿老长了——对了，你们知道吗？爱美莉已经来那个啦。哪个？咦，纱英，你不知道吗？

那是我第一次听说"月经"这个词。第二年，也就是我
们上五年级的时候，学校才给女生办了这方面的讲座。母亲
也从没跟我提过。我没有姐姐，亲戚里也没有比我大的女
生，所以完全想象不出那到底是个什么东西。

她们三个大概都听姐姐或母亲说过，用卖弄学识的口吻
跟我解释了月经是怎么回事。

来了月经，就说明你的身体可以生宝宝啦。听说两腿之
间会啪嗒啪嗒地滴血呢。啊？那爱美莉已经能生小宝宝了？
对呀。由佳的姐姐也来了？是呀。妈妈给我买了新内衣，说
我也快了。啊?！真纪也要来了？听说个子高的女生都是四五
年级就来了。但纱英上了初中也会来的，说是上高中前都会
来的。你胡说，哪有初中生生孩子的呀！那是因为没做会怀
孕的事情呀。会怀孕的事情？哎哟，纱英，你不会连小宝宝
是怎么来的都不知道吧？哦，你是说结婚？不是啦，我的天
哪——是跟男人做羞羞的事情啦。

真怕您嫌我东拉西扯，把信撕碎扔掉。

我们聊得太欢了，直到《绿袖子》的旋律响起，才意识
到已经六点了。

晶子说："今天我表哥要带朋友来的，家里让我六点回
去。"

大过节的，还是早点儿回家吧。我们决定叫上爱美莉一起走。四人穿过操场时，我回头看了看，发现影子比我们打排球时长了许多。直到那时，我才生出一缕不安，意识到爱美莉已经被带走很久了。

泳池区围着一圈铁丝网，但门是敞开着的，还用铅丝固定住了。在那年之前，每年夏天都是如此。

进门走上台阶，不远处就是泳池。再后面则是两栋用作更衣室的活动板房，右边是男生用的，左边是女生用的。好安静啊……走在池边时，我忽然生出了这样的念头。

更衣室的门是横向推拉的那种，没有锁。打开女更衣室的，应该是走在最前面的真纪。

"爱美莉，弄好了吗？"她边开门边问，随即把头一歪，"咦？"里面没人。

"是不是已经弄好回去啦？"晶子说道。

"冰激凌呢？就爱美莉有份儿啊？"由佳愤愤不平。"亏死了！"真纪也附和道。

"哎，这边呢？"我指了指男更衣室，但里头静悄悄的。

"肯定不在，一点儿声音都没有，喏。"

晶子一脸不爽地反手打开了男更衣室的门。我们三个顿时倒吸一口气。晶子"啊？"的一声，回头望去，她立刻尖叫起来。

只见爱美莉头朝门，倒在铺着泄水踏板的地面中央。

"爱美莉？"真纪战战兢兢地喊了一声。其他人也跟着喊她的名字。可爱美莉还是瞪着眼睛，一动也不动。

"不好！"真纪喊道。如果她喊的是"她死了！"，我们说不定会吓得撒腿就跑，直接逃回家去。

"赶紧喊人来！晶子跑得快，去爱美莉家报信！由佳去派出所！我去找老师。纱英留下看着！"真纪一声令下，大家冲了出去，之后就是各自行动了。这部分证词应该跟其他三人的差不多。

关于出事前的经过，我们四个人一起叙述过很多次，但很少有人问起发现尸体之后的事情。我们也没讨论过这个案子，所以我不清楚她们分别做了什么。

接下来就只能叙述我的行动了。

大家都跑远了，更衣室门口就只剩下我一个。我再次望向爱美莉。紧身的黑色T恤高高撩起，都看不清胸口粉色的"芭比"英文商标了。雪白的腹部和微微隆起的胸部进入视野。红色格子百褶裙也被撩了起来，露出没穿内裤的下体。

虽说只让我"看着"，可我觉得大人赶来的时候，爱美莉要还是那副样子，他们肯定会发火的。"怎么不帮她拉好啊？多可怜啊！"……害她变成那样的明明不是我，我却唯恐挨骂，于是提心吊胆地走进了更衣室。

我先把自己的手帕盖在她睁着眼睛、口鼻溢出液体的脸上，然后尽量不看她，同时用指尖捏住T恤的下摆往下拽。当年的我并不知道飞溅在她肚子上的黏稠液体是什么。裙子也用同样的方法整理好。弯腰时，我恰好看见一条皱巴巴的内裤被扔在储物柜的底层。

内裤该怎么办呢？不碰身子也能整理好T恤和裙子，可内衣不行啊。我望向从短裙下伸出，摆成"八"字形的白皙长腿，只见两腿之间有血沿大腿流了下来。

我顿时就怕得不行，冲出了更衣室。

明知爱美莉已经死了，我却敢伸手去整理衣物，那应该是因为她是被勒死的，没有出血。一出更衣室，我又被眼前的池水吓得两腿发软。一眨眼的工夫，夕阳已经落到了天边，还起了风。看着微微荡漾的池面，我只觉得整个人都要被吸进去了。在盂兰盆节游泳，当心被鬼怪拽下去——大人每年念叨的传说在脑海中打转。爱美莉会不会爬起来把我推到池子里，带我一起走……渐渐地，妄想笼罩了我。"哇——""啊——"我紧闭双眼，捂住耳朵，抱着头蹲在地上喊个不停，喉咙都快喊破了。

我为什么没能晕倒呢？要是能主动晕倒，也许我此时此刻面临的就不是这样的处境了。

不知过了多久，您最先赶了过来。之后的事情您肯定也记得，我就简单叙述一下自己的情况好了。

由佳带着片警叔叔回来了。没过多久，因为我迟迟没回家，担心不已的母亲发觉学校出了事，赶来泳池把我背回了家。到家以后，我才哭了出来，哭得比大喊大叫时还响。

母亲没有立刻询问事情的来龙去脉。她给躺在几个坐垫上的我倒了一杯冰镇大麦茶，缓缓轻抚我的后背，然后喃喃道："幸好不是你。"

母亲的声音一点点渗入脑海，我闭上眼睛，沉沉睡去。

上面写的和案发后的证词基本一致。虽然遭遇了那样的事情，但我们给出的证词算是很清晰的了。可最应该明确回答的一点，我们四个却愣是想不起来。直到现在，我依然深感愧疚。

那天的每一幕都能无比清晰地在脑海中描绘，堪比电视画面，可我偏偏想不起来那个人的长相。

"大叔头上缠着白毛巾。"

"大叔穿着灰色的工作服。"

"咦，不是淡绿色的吗？"

"年纪？看着像四五十岁。"

我们能像这样回忆起整体轮廓，长相却怎么都想不起来。身材是高是矮，是胖是瘦？脸是圆是尖？眼睛是大是小？口鼻和眉毛呢？有没有痣或疤？哪怕掰碎了问，我们也答不上来。

唯有一点毫无疑问——那是个没见过的陌生人。

一时间，案子成了乡下小镇的焦点话题。母亲还轰走过一个纯粹为了八卦来找我打听的亲戚大叔。就在这时，大家想起了洋娃娃失窃案。也许是我们镇上或邻近的城镇有个"喜欢"小女孩的变态。也许是偷洋娃娃的人觉得不过瘾，便对洋娃娃一般可爱的小姑娘下了手。这类流言满天飞，传得像煞有介事。

过了一阵子，警方再次走访了丢失洋娃娃的人家。大多数人据此认定，两起案件背后有着同一个罪犯。

凶手是个喜欢幼女的变态。

我却无法完全信服。因为案发当天在场的所有人中，外表最符合"幼女"特征的其实是我。

案发后，只要我稍稍放松心神，爱美莉的尸体就会浮现在脑海中。画面是黑白的，唯有流到大腿上的血鲜红刺眼。爱美莉的脸会慢慢变成我的脸，然后我的头就会一抽一抽地疼。捂着一阵阵生疼的头时，我心里只有一个念头——幸好不是我。

您会不会觉得我太不知轻重了？也不知道她们三个是怎

么想的。也许有人同情爱美莉的遭遇，觉得她可怜。也许有人深受良心的苛责，为没能救下她而懊恼。我却只顾着担心自己，别无余力。

"幸好不是我"的想法总会牵出一个疑问——为什么是爱美莉？

但我心里已有明确的答案。因为在我们五个人里，只有爱美莉长大了。因为她已经是个成熟的女人了，男人才会对她做下流的事，夺走了她的性命。

那个人——凶手要找的，是刚刚长大的少女。

一个月过去了。半年，一年……凶手迟迟没有落网。您应该是案发三年后回的东京吧？您是否已经意识到，我现在写这封信，就是为了履行那时的约定？

日子一天天过去，镇上的人们谈论案件的频率渐渐降低，我心中的恐惧却在不断膨胀。我不记得凶手的长相，可凶手说不定还记得我长什么样。也许他认定我们还记得他的模样，会找机会来除掉我和其他孩子。刚出事的时候，周围的大人还是很关注我们的，可案子已被人们逐渐淡忘。搞不好凶手正在等待我们几个再次单独行动的时机……

无论在做什么，我都会生出凶手正潜伏在窗缝、楼后或车里监视自己的错觉。

好可怕，好可怕，好可怕。我不想死，所以……

——决不能长大。

虽然有时会感觉到有目光落在自己身上，但随着时间的推移，我回忆起那件事的次数渐渐少了。也许是因为上初中和高中的时候，我加入了文艺类社团里最严格的铜管乐队，每天忙于排练，没有空闲胡思乱想了。

然而，我的身心并没有走出案件的阴霾。高二那年，我终于意识到了这一点。不，说"被迫意识到"也许更贴切一些。

当时我已经十七岁了，却还没有迎来初潮。"虽说你个头小，可这个年纪还不来月经也太反常了。可能还在个体差异的范围内，但还是去医院检查一下比较保险。"经母亲提醒，我去了邻镇，挂了县立医院妇科的号。

妇科不是高中生敢随随便便去的地方。我意识到自己这些年完全没想过月经的问题，也隐约猜到了原因，但转念一想，月经总不会因为这个就不来吧，万一是得了妇科病就麻烦了。于是我还是鼓起勇气去看了医生。

镇上也有私立的妇科诊所，但我说什么都不想让镇上的人撞见我进出那种地方。别说交男朋友了，我都没跟男生说过几句话，万一因为看病传出了流言可怎么得了？

医生说检查结果并无异常，可能是心理因素导致的，还问学校和家里有没有让我感到压力很大的事情。

心理因素——得知心理因素能让人不来月经或停经，我顿感豁然开朗。长大了就会被害死，来了月经就没命了。我一直都这样暗示自己的身体。起初是有意识的，后来则渐渐转入潜意识。哪怕不再回忆起来，脑海深处仍被案件的阴影笼罩。

医生建议我做心理咨询，定期注射激素，但我谎称"要跟父母商量一下"，之后也没去复诊。我告诉母亲，没查出什么问题，就是来得晚了点儿。

因为我巴不得拖到时效届满的那一天。

就算离开小镇，混入人群，生活在一群对凶案一无所知的人之中，我也有可能在机缘巧合下碰上凶手，但不成熟的身体会保护我的。我想抓住这份安全感。

渐渐地，我不再期盼凶手落入法网，让案件重归公众的视野，而是希望时效赶紧届满，好彻底解脱。

让约定见鬼去吧。

可我做梦都没想到，自己会再次和您相见。

从女子大学的英语系毕业后，我入职了一家专做染料的中型贸易公司。公司有项传统，新人无论是学文的还是学理的，头两年都会被分配去检查室，以便深入了解公司经营的产品。

上一次摸试管和烧杯，还是在高中的化学课上。这也是我头一回见到单价达数千万日元的分析仪器。

气相色谱仪、液相色谱仪……前辈逐一介绍那些四四方方的仪器，我却连它们是做什么的都不知道。仪器边角处的商标却很眼熟。

"足立制作所"。

原来建在空气干净的乡下小镇的工厂生产的是这样的仪器啊……在生出亲切感的同时，被小镇伏击一般的厌恶感涌上心头。刚踏上社会，我就陷入了复杂的心境。

入职第三年春天，我结束了为期两年的培训，被正式调入财务部。就在这时，检查室的室长找上门来，问我愿不愿意相亲。

"对方的父亲是客户公司专务[1]的堂弟，说有次碰巧看见了你，想正式跟你见一面，于是托我过来问问。"

如果室长把我叫去没人的地方单独聊，我定会当场拒绝，哪怕对方是公司的领导。因为我没有结婚的资格。奈何室长来的时候，我和同年入职的同事在检查室收拾东西，准备搬去各自的部门，他不但没压低音量，还直接递来了男方

---

1 专务董事，职级在常务董事之上，负责协助总经理管理公司各项事务。——编者注

的照片和简历。大家顿时来了兴趣，把我团团围住。

刚拿到照片，女同事们便齐声说："挺帅的嘛。"打开简历一看，男同事们便惊呼："厉害啊。"

见状，室长也帮腔道："怎么样，不错吧？"被室长这么一煽动，大家就更起劲了，有的说"你要嫁入豪门啦"，有的说"人生大翻盘啊"，搞得我生生错过了拒绝的机会，只得回答："那就麻烦您了。"

毕业于名牌大学，在一流贸易公司工作，长得也英俊潇洒。这样的社会精英，怎么会找一个在三流贸易公司上班的小白领相亲？他究竟是在什么时候、什么场合看到了我，对我产生了兴趣？直到相亲那天，我都没想出个所以然来，只能得出一个结论：他肯定是认错人了。

相亲没有采用一本正经的形式，就是两个人一起吃顿饭，可这反而让我郁闷。我虽然已经踏上了社会，总算能和男人正常交谈了，却从没和素不相识的人单独吃过饭。

同年入职的朋友里有个爱管闲事的，帮着挑了一身应季的粉色连衣裙。我刚走进酒店大堂，一个跟照片长得一模一样的人立刻冲了过来。他就是孝博。

孝博性格开朗，彬彬有礼。他先为通过领导邀约道了个歉，并感谢我在休息日前来赴约。我却语无伦次，连招呼都没好好打，就跟他去了顶楼的意式餐厅。他说已经提前订了位子。我稍微喘了口气，递上提前备好的单薄简历。

但他没有打开，而是放在桌边，如此说道："你小时候住在××镇吧？"

听到他报出那座空气干净的乡下小镇的名字，我不禁倒吸一口气。他笑容不改，继续说道："我也在那儿住过三年，从小学六年级到初二。我比你高两级，不知道你有没有印象。"

别说"有印象"了，我压根儿不知道有他这号人。他说他当年上六年级，所以我应该是四年级。工厂刚建成那年，确实来了很多转校生。

"太可惜了，我还跟你一起玩过呢。就是那个洋娃娃观光团，走在最前面带路的就是你吧？"

我意识到原来他在那群孩子里，但还是想不起来他具体是哪一个。所幸他在我想起当时的挫败感和后来的洋娃娃失窃案前转移了话题。他在那里住了三年，肯定知道那件事，说不定他就是知道我跟那件事有关，所以为了照顾我的感受才岔开了话题。

孝博说，他在公司的钟表部门做销售，所以常有机会去瑞士。那座小镇和瑞士有几分相似，让他很是怀念。就在这时，他碰巧看见了我，所以说什么都要跟我见一面。

我问他是在哪儿见到我的，他说："应该是你们公司办年会的时候。"我报出某家中餐馆的名字，他说："对对对，那天我刚好跟朋友在那儿聚餐。"居然有这么巧的事？说来难为情，当时我甚至觉得那就是命中注定。但如今回想起来，那应该都是他瞎编的吧。

后来，我们每周都会约会一两次。吃饭，看电影，逛美术馆……约会的形式司空见惯，但不可思议的是，只要和他在一起，我就能挣脱那种被人监视的恐惧感。渐渐地，我甚至会在临别时生出想和他多待一会儿的念头。

但他从没约我去过酒店，也没提过要来我单独租住的公寓。当然，他打车送我回家时，我也没说过"要不要上楼喝杯茶"之类的话。要是他真进了家门，该怎么办呢？在脑海深处回响的声音，究竟属于谁呢？

第七次约会时，他突然开口求婚。

也是在那一天，我们第一次牵了手。其实是去看某著名音乐剧的首演时差点儿在拥挤的会场走散，所以他才握住了我的手。仅仅是这样，我的心就怦怦直跳，随之而来的则是汹涌的悲伤。在昏暗的剧场看表演时，我不禁落了几滴眼泪。

"公司要派我常驻瑞士，你愿意跟我一起去吗？"

法式怀石餐厅上了甜点和配套的葡萄酒后，他如此问道。那家餐厅的私密性很好，每张桌子都有单独的包间，最适合幸福的情侣订下终身之约。要是我能毫不犹豫地接受这如梦似幻的求婚，那该有多幸福啊！

可我不能答应。我有不能答应的理由。

"对不起。"我低头道歉。"为什么？"他会这么问也是理所当然，我却不知所措。"我一无是处，你值得更好的人。"用这种俗套的借口拒绝也未尝不可，但终究缺乏诚意，所以我决定实话实说。

真没想到，自己坦白那可憎的事实，竟是为了答复别人的求婚。

"作为人科的雌性，我是有缺陷的。"

他愣住了。肯定是这个回答太出人意料了。我赶在羞耻感泛滥之前，一鼓作气告诉了他。

我已经二十五岁了，却从没来过月经。因为我内心深处拒绝长大，不愿让身体发育成熟。这样的身体显然没法过正常的夫妻生活，也生不出孩子。你有大好前程，不该娶我这样的"残次品"。

这是我第一次诅咒为保护自己施加的自我暗示。我后悔极了。打针也好，做咨询也罢，早知如此，就该在高二那年想想办法的。

这个时候哭鼻子就太卑鄙了，所以我咬牙忍住了泪水，大口吃起了玻璃工艺品般精致的甜点。那是用各色浆果装饰的白巧克力慕斯蛋糕。草莓、树莓、蔓越莓、蓝莓……我已经能认出那些果子了，却还是无法挣脱乡下小镇的束缚。

孝博说："没关系。

"只要有你在身边，我就心满意足了。带着工作的疲惫回到家，跟你聊聊那天发生的事，搂着你进入梦乡。还有比这更幸福的生活吗？瑞士跟我们当年一起生活过的小镇有几分神似。和我一起搬过去，开启新的人生吧。

"而且离开日本对你应该也没坏处。肯定是那起凶杀案把你害成了这样。也许你是在担心，神似小镇的地方会勾起当年的回忆，但我保证——

"新天地没有杀人犯，还有我保护你。"

孝博问起能不能邀请您和您先生参加婚礼时，我着实吃了一惊。那时我才知道，孝博的父亲和您先生是堂兄弟。我怕二位见了我会想起当年的事情，心里难受。他却告诉我，您和您先生都很想来观礼。

说实话，如果可以的话，我并不想见您。因为我害怕，怕您容不下没有履行约定，只顾追求幸福的我。但我无权干涉婚礼的安排。奢华的婚礼将在著名建筑师设计的美术馆举行，据说好多明星的婚礼都是在那儿办的。费用也基本上是孝博家出的。他的父母都是足立制作所的高管。我自己挑的也就只有婚纱了。

但您在婚礼当天对我说："忘了那些事吧，一定要幸福啊。"您都不知道我有多开心……另一件让我开心的事，就是孝博精心筹备的惊喜。

跟孝博讨论婚礼细节的时候，我本以为下半场要换鸡尾酒裙的，但他直接去掉了这个环节，说"还是全程穿白纱好"。没想到婚礼过半时，我突然收到了一个系着大蝴蝶结的礼盒，说是新郎给的惊喜，然后就被工作人员领去了休息室。

打开礼盒一看，里面装着一条粉红色的连衣裙。胸口和下摆用雪白的羽毛镶边，肩膀和腰部饰有大朵的紫色玫瑰。换上以后，工作人员还帮忙戴上了用紫色玫瑰和白色羽毛制作的头饰。好像是有这样的头饰来着……我边想边照镜子。映入眼帘的，分明就是老宅客厅里的洋娃娃。

为什么？但我很快想起，自己和孝博的初遇，正是"洋娃娃观光团"。他肯定是想起了当年那个跟城里来的孩子炫耀旧洋娃娃的乡下姑娘，所以才定做了和洋娃娃一样的裙子，想给我一个惊喜。

见我回到会场，孝博怔了片刻，然后微微一笑："真好看。"

我在众人的起哄和祝福中度过了无比幸福的时光。两天后，我们踏上旅途。舷窗外的景物徐徐缩小，解脱感席卷全身。

"新天地没有杀人犯，还有我保护你。"——可这里明明有罪犯啊。

此时此刻，我身在一座小巧秀丽的小镇。说它像那座乡下小镇，我都觉得脸上发烫，也就空气清新这一条沾点儿边。我们在这里开启了二人世界，到今天刚好是两个星期。

哦，才两个星期啊。

我一边写下这句话，一边暗暗吃惊。写到这里，情绪还算平静，但我并没有好好写完这封信的把握。但接下来要写的，才是必须交代的。

就从到达这座小镇的第一天写起吧……

孝博告诉我，新家的生活用品一应俱全，家具、餐具什么的都有，所以我把独居时用的大部分东西都处理掉了，只提前寄来了一些衣物等必需品。订婚后，孝博也来瑞士出过好几次差，说是顺便收拾了一下。

飞机在当地时间的上午着陆。有公司的人来接，于是我也跟去公司打了招呼，跟大家一起吃了顿饭，还收了贺礼，然后和孝博一起坐公司安排的车去了新家。

那天见到的一切都让我由衷赞叹。不过当车开到位于高档住宅区、外形神似古董娃娃屋的新家时，我不禁用最大的音量连连惊呼："好美啊！好美啊！"

新家是双层小楼，一楼是宽敞的客餐厨区和两个小房间。起居室摆着沙发和书架。我立刻把刚收到的贺礼——设计典雅的座钟摆了上去，但还是显得空荡荡的。该有的餐具也都有，但我想再添一对情侣杯。餐桌上铺橙色桌布一定很好看，可以在飘窗边摆很多相片……我兴奋得直嚷嚷。孝博笑着说，家里随你布置，不过得先收拾好行李。从日本寄来的纸板箱还被胡乱堆在其中一个小房间里。

二楼有四个大小不一的房间。孝博说最里面的那间最大，是我们的卧室，其余的房间可以随意安排，于是我从外往里，依次逛过去。好大的房子啊，只住两个人好浪费哦……我一边想着，一边沿宽大的走廊往里走。手刚放到最里面房间的门把手上时，他却说："这间回头再看，先吃晚饭吧。先前过来出差的时候，我就把这间收拾好了，保证今天就能用。"听说他早早收拾好了卧室，我有些难为情，就没开那扇门，跟他去了附近的餐馆。

我们喝了啤酒，吃了朴素却美味的本地家常菜，开开心心地回了家。突然，孝博用公主抱的方式将我抱上了楼，沿走廊一路前进，打开了最里面的房间。他走进去，几乎是在房间的中央将我缓缓放下。房间里一片漆黑，看不分明，但我能感觉到自己在床上。

连衣裙背面的拉链被拉开了，衣料自肩膀滑落。在日本住酒店的那几天，孝博忙于交接工作，所以什么都没有发生。我心想，该来的终于还是来了。身体的缺陷，定能用满腔的爱抹平。他也一定会接纳我的。

我屏住呼吸，感受着心脏的激烈跳动。忽然，有什么东西轻飘飘地套在了我头上。我的两条胳膊被先后装进衣袖，背后的拉链也拉好了。他拉着我站了起来，仔仔细细整理好长长的下摆。我意识到，自己被套上了一条裙子。

就在这时，灯亮了。孝博打开了这个房间的灯。与此同时，一个洋娃娃跃入眼帘。床边有一张精美的雕花木桌，而在桌上朝我微笑的洋娃娃，长得和乡下老家客厅里的一模一样。

是他特意买的同款？不是的。因为娃娃的右眼下方，有一颗小小的泪痣。但裙子不一样，不是粉红色的，而是水蓝色的。而他给我穿的，也是同样的水蓝色裙子。

我呆若木鸡，回头望去，只见孝博露出与婚礼上别无二致的笑容。他打量着我，然后说道："我心爱的洋娃娃。"

"这是……这是怎么回事？"我好不容易挤出沙哑的嗓音。

他却厉声喝道："闭嘴！"看到那张全无笑意、写满了烦躁和神经质的脸，我终于想起他是洋娃娃观光团里的哪个男生了。

我理解不了自己的处境，又说不了话，只得僵着身子站在原地。他忽然换回平时的开朗表情，让我坐在床上，然后坐在旁边。

"对不起啊，刚才吼你了。吓着了？"他柔声问道。我却不敢回答。因为他虽然看着我，眼神却不像是在看一个有血有肉的人。见我默默回视，他伸出大手缓缓摸我的头，说："真乖。"

接着，他娓娓道来。

那天之前，我从没动过心。周围的女生都是还没记事就被灌输了"要做精英"的思想，举止风范也是如此，她们不过是群傲慢又无聊的生物而已。我的母亲就是典型，她天天都在数落不如自己能干的研究室下属和与她身在同一个部门的父亲。

后来，我们搬去了一座什么都没有的小镇，搞得我都怀疑自己还在不在日本。住在那里的孩子是我从没接触过的"异类"。他们举止粗野，满口脏话，嫉妒心强。一想到要和这群家伙待上好几年，我简直要疯了。

就在这时，住同一栋公寓的女生邀我去看好玩的东西。我根本没想到她说的是洋娃娃，但还是决定跟那群脏兮兮的乡下孩子去瞧瞧，权当是打发时间。我看着那群乡下孩子擅自打开别人家的大门，大喊"我们来看洋娃娃啦"，那家里的人则在里间喊"看吧"，连面都不露。真不敢相信，世上竟还有"进别人家客厅看摆设"这样的玩法。

不过我觉得很有意思。因为客厅里不光有洋娃娃，还摆着照片、奖状、纪念品等。我可以通过那些摆设想象那家人的模样。看到与想象分毫不差的人端来大麦茶或可尔必思[1]，我甚至有些激动。逛完四五家后，我注意到洋娃娃给人的感觉跟主人家的孩子有点儿像，于是仔细观察起来。只不过那些洋娃娃给我留下的印象都不太好，有的模样盛气凌人，有的看起来装腔作势，有的则显得呆头呆脑。

你家应该是倒数第二家吧。那时我已经看腻了，正想悄悄溜回家。谁知看到你家洋娃娃的第一眼，我就生出了"我想拥有这个洋娃娃"的念头。

那个洋娃娃的表情神秘莫测，从外观瞧不出是老成的孩子，还是长着娃娃脸的大人。洋娃娃修长的四肢也让我忍不住想伸手触摸。总之，那个洋娃娃的方方面面都让人着迷。我心想，要是能把它放在身边，时不时说说话，那该有多好啊！与此同时，我也对娃娃的主人满怀期待。可惜那就是个

---

1 日本常见的乳酸菌饮品。

瘦弱单薄的乡下女孩，只有脸上的痣和娃娃长在一样的位置罢了。

回到家后，我也一直惦记着你家的那个洋娃娃。听到父母在隔壁房间吵架时，我想起了它。因为不懂踢罐子游戏的规则被同学取笑时，我也想起了它。最终，我决定把它占为己有。

夏日祭那天，小镇居民比平时更疏于防备，得手不费吹灰之力。我先把娃娃小心翼翼地带回家，然后又拿走了另外几户人家的娃娃。如此一来，就算事情败露了，也不会有人知道我是爱上了那个娃娃。其他娃娃当天就被我扔进了工厂的焚烧炉。

我根本就没有负罪感。因为我敢保证，没人会比我更珍惜你。

没过多久就发生了那起凶案。被害者就是我们公寓的，闹得满城风雨。但更令我惊讶的是，人们竟将失窃的洋娃娃和凶案联系在了一起。

万一被错当成了凶手怎么办？我惊慌失措，决定找和案件有关的女生调查一下。我去的刚好是你家。只见我要找的女生刚从学校或警局回来，在母亲的陪同下低头走着。在目光忽然相遇的刹那，我不禁心头一颤。因为她有一双和你一样的眼睛。

本以为那只是个瘦弱的乡下孩子，但她说不定能带来惊喜。身高不到一米的你已经很可爱了，和真人一样大的你岂不是更有魅力吗？我不仅能跟站着的你说话，还能让你坐下，和你一起走路，抱着你睡觉。这简直是天赐的奇迹啊！

因为报纸上很快就有了后续报道，"嫌疑人为四五十岁的男性"，我就懒得再关心凶案了，而是满脑子都是你。

你好像没发现，其实我一直都在观察你。在学校，在上学路上，在家门口……因父母工作调动搬回东京后，我也会假装找镇上还算合得来的家伙玩，利用每个假期去小镇看看你。

你日渐成长，一切如我所愿。我曾一度担心你会不会在不知不觉中沾上谄媚男人的秉性，所幸全然没有那样的迹象。上大学后，我动过接近你的心思，但最后还是忍住了，决定等做好了万全的准备再来接你。

"作为人科的雌性，我是有缺陷的。"——听到你的这句话时，我的心情比当年与你四目相对时还要激动。因为我意识到，你是个真真正正的活娃娃！如果是那起凶案实现了我的理想，那我还真得谢谢凶手呢。

过来。只有在夜里，你才是属于我的娃娃。

不知是因为舟车劳顿还是说话说累了，他很快就抱着穿裙子的我睡着了，仿佛怀里的是他最宝贝的洋娃娃。

令人作呕，毛骨悚然……没法用只言片语概括我当时的感受。这些年来，我一直都有被人监视的感觉，原来那不是错觉。哪怕知道了偷窥我的不是凶手，我也丝毫没有得到解脱，一种被更猎奇的东西困住的恐惧汹涌而来，令我彻夜难眠。我的脑子里只有一个念头：明天就回国。

黎明时分，我悄悄溜下了床。孝博肯定发现了，但他没有阻拦。我冲了个澡，换上便装，用前一天买的面包和鸡蛋做起了简单的早餐。这时，他也正常起床了。

"今天我就得去上班了。要是你一个人在家太冷清，或是碰到了什么问题，随时打我的手机就好。"他的语气和平时一样开朗，出门时还吻了我。

也许我昨晚是在做梦。不，那一幕幕都是真的，但他肯定是喝多了啤酒，说了胡话。也许他是真的很喜欢那个洋娃娃，喜欢得偷回了家，为了掩饰自己的难为情，才编出了那样的谎言。

我这样安慰自己，走进卧室打扫卫生。等待着我的，是洋娃娃柔美的面容。它穿着红色的裙子。房间里摆着床和桌子，还有和桌子有着同款雕花的衣柜。我缓缓走近衣柜，用双手猛然拉开对开的柜门。只见五颜六色的裙子挂得整整齐齐，一边是娃娃穿的，另一边则是我穿的。

　　看到那些裙子，我再次浑身发抖，泪流满面。但笑意渐渐涌上心头。昨晚在黑暗中突然被他打扮成那样，又听到了一些心理正常的人理解不了的话，害得我一度被恐惧笼罩。但在阳光明媚的房间看到那一柜子的裙子时，我联想到了马戏团的小丑，鲜艳欢快，却又滑稽荒唐。

　　他带着怎样的表情购买了这些裙子？不会是让店家照着彩铅画做的吧？就像那本被丢弃已久的娃娃备忘录。

　　孝博肯定是在童年缺失了什么重要的东西。如果我家客厅里那个说不定会在几年后进垃圾桶的洋娃娃弥补了他心里的空缺，那不是很美妙吗？我不过就是在往后的日子里，每天都要在短短几个小时里扮演这个角色而已。是他带我来到了远离那座乡下小镇的新天地。两个有残缺的人相依为命，就需要足以掩饰残缺的滑稽仪式啊。

　　我应该是很擅长自我暗示的。

　　夜幕降临，孝博下班回家。见我穿着和早上一样的便装，他看起来很是不爽。所以我抢在他开口之前，一鼓作气说道："天是黑了，但人终究是需要生活空间的。吃过饭，洗漱完毕以后，再在那个房间迎接真正的夜晚不好吗？"

　　我还担心他会觉得"区区一个娃娃，竟然自大地说这样的话"，谁知他微微一笑，问我"晚上吃什么"。

　　即便如此，第二天和第三天我还是演得很痛苦。光闭嘴听他说也就罢了，他还会把手伸进裙子，抚摩我，舔舐我裸露在裙子外的部位，这让我难以忍受。但随着时间的推移，我一点点习惯了，甚至开始渴望更多的抚摩，盼着当娃娃的时间早点儿来，盼着天晚点儿亮。

但昨晚不一样。

昨天一早，我就觉得身子热热的，下腹部阵阵抽痛。到了下午，我连站都站不住了，只能躺在客厅的沙发上，盖着毯子闭目养神。躺是躺下了，却被嘀嗒作响的座钟吵得睡不着。我把钟塞到沙发下面，好不容易才睡了一会儿，但疼痛并没有消退。

夜幕如期降临，孝博回来了。见我脸色苍白，他很是担心。我为没有准备饭菜而道歉时，他也说没关系。

也许我不该因为几句温柔的话就卸下心防。在我顺势提出今晚想一个人睡客厅时，他当即用冷冰冰的声音驳回："不行。"我顿时气得不行，怒火涌上心头。现在回想起来，我都不知道自己为什么那么生气。

"我都这样了，还要陪你玩变态游戏吗？"

我刚吼出这句话，脸颊上便是一阵剧痛。

"你说什么？"

动了手的孝博凶神恶煞地朝我逼来。但我也没有退缩，因为我烦透了。

"我说你变态！你没意识到自己是个变态吗？"

"哇啊——"怪叫响起，更剧烈的疼痛扫过我的脸颊。我跌倒在地。他骑在我疼痛不止的下腹部上，双手掐住我的脖子："收回！收回你刚才说的话，跪下给我道歉，我就饶你这一回！"

就在这时，我感到两腿之间流出了温热而黏稠的东西。不必起身去看，也能想象出那是什么，有着怎样的颜色。刹那间，多年前案发当天的一幕跟快进的影片似的，在我的脑海中一闪而过。

玩球的孩子们、穿工作服的陌生男人、被男人品评的孩子们、被带走的爱美莉，还有在游泳池更衣室看到的景象……

要被人弄死了……

之后的事情，我就想不起来了。

我坐在餐桌旁写这封信。孝博此刻就倒在不远处的沙发前。他头上的血已经止住了，正一点点发黑变硬。滚落在他头边的座钟上沾满了血。我隔得很远，也能一眼看出他已经没了呼吸。

肯定是我杀的。

闪过脑海的画面，让我想起了一件事。

当年我们都把凶手称作"大叔"，不过他的年纪其实并不大，应该也就三十五六岁吧。而且凶手并不是偷洋娃娃的人。虽然时效将过，但我还是殷切希望，这两条能成为破案的有力线索。

这样算不算履行了约定呢？

接下来，我会寄出这封信，回到日本。天知道在外国杀害丈夫会被送去哪里，会接受怎样的处罚，所以我想先回国，然后直接去最近的警局自首。

我可能要坐牢，但一想到在那之后就能彻底解脱了，我就甘之如饴。此刻的我甚至格外平静，仿佛终于变回了你们搬来之前那个理所当然地呼吸着清新空气的自己。

就此搁笔，珍重。

再见。

纱英

临时家长会

感谢各位在百忙之中冒雨参加市立若叶第三小学的临时家长会。

照理说，本该是校长、教导主任这样的领导出面，轮不到班主任发言，但能从成人角度把家长和本地居民最想知道的事情解释清楚的就只有我了，所以我破例求来了这个登台的机会。

先声明一点，我接下来的发言稿中，每一句话都没有被领导提前检查过。因此万一有言语不当之处，校方概不负责，一切后果由我个人承担，敬请谅解。

闲话就说到这里。请允许我在此回顾本月初发生的"若叶第三小学故意伤害案"。

案发时间为七月五日星期三，上午十一点四十五分左右。地点是校内的室外游泳池。当天，四年级一班和二班一起上游泳课。天气晴好，很适合下水。原计划第三节课和第四节课连上，十点四十分开始，十二点二十分结束。在场的教师共有两名，分别是一班班主任筱原，也就是我本人，以及二班班主任田边老师。

本校的游泳池在各位所在的体育馆正门右手边，穿越操场的斜对面。如果从教学楼过去，就从离学校正门最远的三号楼出发，换上户外鞋走过操场，再从单杠、爬架等运动器材前面穿过，走到底就是游泳池的出入口，那里有一扇推拉式铁门。

游泳池只有面向操场的那一个出入口。

为防止意外事故，铁门外侧平时都上着挂锁，只在上课和游泳队训练时开放。但在游泳池开放期间，铁门是敞开着的，毕竟不太可能有人从入口闯入，而且这样也能保证身体不适的同学能在第一时间去往位于三号楼一层的医务室。

门口设有鞋柜。脱鞋后上几级台阶就是游泳池了。更衣室和淋浴房都设在靠里的位置，所以同学们会穿过相对较宽的跳台一侧，去更衣室换衣服，然后到隔壁的淋浴房消毒，最后在跳台前集合。更衣室后面有一道铁丝网，外面就是本地居民的橘园。

不知各位能否想象出大致的布局。

每次上游泳课前，老师都会发健康调查表请同学们带回家填写，并由家长签字，所以家长们理应知道自家的孩子会在几月几号的几点左右上游泳课。可我们班的几位家长竟在接受电视采访时坦然回答："学校没发过任何通知，我都不知道孩子今天要上游泳课。"这么说是什么意思呢？

有些同学需要在上课前征得医生的许可，所以各个年级的月度计划表上都用粗体字标明了游泳课的日期，还发过单独的游泳课表。

但请各位不要误会。我并不是在讽刺那几位家长。之所以举这个例子，是因为我希望各位不要从受害者的角度来审视这起案件，而是站在"负责保护孩子的成年人""家长"或"本地居民"这样的立场上考虑问题。

如课表所示，四年级学生原计划在第一学期上八次游泳课，从六月的第三周开始，每周两次。那天已经是第七次了。因此同学们早已习惯了游泳课，两个班的七十位同学都能游二十五米了，所以老师们无须特殊关照个别同学，教学工作得以顺利开展。

由于最后三十分钟需要记录每位同学二十五米自由泳的时间，十一点三十五分过后，也就是常规课表的第四节课开始后，老师就让大家以班级为单位排好队，按学号依次下水练习。

泳池划出了六条泳道，越靠近操场，编号就越小。练习期间,一班用一至三道,二班用四至六道。所以我站在靠近操场的一侧,田边老师站在更衣室那边,监督指导各自班上的同学。

同学们按学号分列于各条泳道,每条约十二人。测试时三人一组,等前一个人游出去五米左右,后一个人再下水。没轮到的就排队坐在每条泳道尽头的跳台前。

我的手表走到十一点四十五分时,我心想差不多可以开始给孩子们测试了。那名姓关口的歹徒,就是在这个时候闯了进来。

新闻节目说,他叫关口和弥,三十五岁,无业。

想必各位会一边听我叙述,一边在脑海中想象当时的情况。但请不要先入为主地把他想象成电视上公布的嫌疑人照片中的样子。

因为电视台用的是他高中毕业相册上的大头照。照片上的少年身材瘦弱,面色苍白,笑容柔和。但现实中关口的体形和照片判若两人。他比我略矮,约一米六五,体重却是我的两倍还多,怕是远超一百公斤。

请大家按我的描述想象一下。

我从教三年,田边老师则有六年教龄,所以两个班一起上课时由他主讲。我看了看表,觉得是时候开始掐表了,于是转向田边老师,吹了吹挂在脖子上的哨子,并举起一只手向他示意。

就在这时，一个穿着某国军装的男人从更衣室后面冲了出来，手里握着一把至少有二十厘米长的求生刀[1]。我还没反应过来，就下意识地用全力吹响了哨子。

田边老师被哨声吓了一跳，他回头看到了关口。同学们也尖叫起来。关口将田边老师撞进池子，高举匕首，转向仍坐在池边的同学们。同学们虽然在尖叫，却都吓得动弹不得。

"这个国家快完了！与其活着当俘虏，不如死个痛快！"关口一声大吼，冲向同学们。

与此同时，我也冲了过去。我绕游泳池跑了半圈儿，可路上没有任何能用作武器的东西，身上也只有一层泳衣。离关口最近的是排在六道最前面的池田同学。关口抓住池田同学的胳膊，抢起匕首。千钧一发之际，我一边使劲吹哨，一边扑了上去。

我用神似排球滚翻救球的动作扑到关口脚边，抱住他的双腿。关口因此失去平衡，侧身倒地，手中的匕首扎进了他自己的右大腿。可能是被突如其来的疼痛吓到了，只见他用双手捂住被刀扎着的地方，原地滚了一圈，直接栽进了池子。

他就跟溺水了似的，在池子里挣扎起来，高呼"救

1　一种户外刀具，刀刃较长。——编者注

命！"也不知是疼痛所致，还是他本来就不会游泳，或是太胖了游不动。

僵在水里的同学们慌忙上岸。我让大家去操场避难，又用男更衣室里的电话联系了教工办公室，请其他老师帮忙叫救护车。

因为池田同学的左腰被划伤了。

更衣室前面摆着毛巾架，我去那儿随便拿了几条浴巾，帮池田同学止血。忙了片刻，医务室的奥井老师赶了过来，接手了这项工作。就在这时，我看到关口扒着岸边，正要爬上来。

我冲向关口，狠狠踹向他的脸。后来，其他老师、警察和救护车都来了。

案件的经过大概就是这样。

幸好——也不知道怎么样才算"幸好"——池田同学受了需要一个月才能治好的重伤，至今还没出院，但没有生命危险。有几位同学在避难途中摔倒了，擦破了膝盖，但没有第二个人被关口伤到。

家长和本地居民早已通过同学们了解了案件的大致经过和结果。全国各地的报刊、电视和互联网等媒体也发表了相关报道。

虽说这是一起发生在校园里的重大案件，但我们也算尽了全力。我认为伤害好歹被控制在了最小的范围，就是委屈了池田同学。然而，学校遭受的谴责远超预计，有的来自在座的各位，还有的来自住在远方、和我们素未谋面的人。

首当其冲被谴责的就是田边老师。

被关口撞下水后，他一直躲在只有一米深的小学生专用池里，直到警察赶到现场。毕竟池田同学就是二班的，所以有位父亲问自家孩子"田边老师当时在做什么"，那个孩子回答"真纪老师扑倒坏人救了我们，但田边老师一直躲在池子里"。据说许多家庭都有过同样的对话。

同学们没有撒谎。田边老师确实是躲起来了。堂堂一个男老师怎么可以撇下学生，只顾自己藏身？田边老师就这样被贴上了"胆小懦弱"的标签，臭名远扬。

人们议论纷纷，说田边老师身材高大，体格健壮，还以网球运动员的身份参加过全国运动会，居然会被那么瘦弱的歹徒吓得不敢出来？知道我为什么要先描述关口的体貌特征了吧。听到这里，各位还觉得田边老师胆小懦弱吗？

如果那天在游泳池边的是在座的各位呢？

在我看来，人这种生物，往往爱自说自话。

比如看电影《泰坦尼克号》的时候，您会不会想象自己也在那艘不断下沉的豪华邮轮上？会不会想象只有自己获救的画面？会不会想象自己冷静地找到木板，安然无恙地趴在上面等待救援的景象？

再比如，在电视上看到和地震、火灾有关的新闻时，您会不会想象自己英姿飒爽地逃出危楼的画面？看到有人当街砍人的新闻时，您会不会想象在千钧一发之际躲过凶刃的自己？听说有坏人闯入校园时，您会不会想象自己行动机敏、击退恶徒的一幕？

"换了我早就……""那几个老师真不中用！"人们的这些抨击，是不是就基于上述那样的想象呢？在我看来，越是认定自己能将自说自话的想象付诸实践的人，真出事的时候就越是无所作为。

肯定也有很多人在心里嘀咕："那你呢？你是想炫耀自己胆量过人，敢扑向关口吗？"

案发后，确实有媒体把我塑造成了一位"勇敢的女老师"。结果我平时用来给班上同学发通知的邮箱收到了无数封邮件，中心思想都是"不要得意忘形"。

但"得意忘形"的前提是不存在的。因为我一点儿都不勇敢。

能在紧急情况下果断做出正确反应的人，不是长期接受相关训练，就是有过类似的经历。

而我属于后一种情况。

一切都要追溯到十五年前，追溯到我小学四年级那年的暑假。

我是在本县上的大学，然后参加了县里的教师招聘考试，被分配到了这座海滨小镇的市立若叶第三小学。但我出生长大的故乡在别处。

××镇，各位听说过吗？

那是一座山间小镇，面积和人口都跟这边差不多。在经济方面也很相似，这边主要靠造船厂，我的故乡也有它赖以生存的工厂。大家都说这边在本县算是比较偏远的，但我被派来之后，并没有在生活上有什么不适应的地方。

我问同学们："大家觉得自己生活在一个什么样的地方呀？"

他们会回答"大海很美的地方"，或者"很有大自然气息的地方"。话是没错，但他们之所以这么回答，恐怕只是因为低年级的时候老师就是这么教的。不见识见识外面的世界，就不能切身体会到家乡的好。

上小学的时候，老师告诉我们，我们的老家是一座空气干净的小镇。

老师之所以那么教，是因为快升四年级的时候，一家名叫足立制作所的精密仪器厂商在我们那边新建了工厂。但住在那里的时候，我并没有切身实感。

我也很喜欢这边的空气，大口呼吸的时候能闻出大海的潮香。可上班以后买来代步的轻型车才开到第二年，金属部件的边缘就已经生锈了。这让我再一次痛感，那座小镇的空气到底有多干净。

凶案就发生在那样一座乡下小镇的小学里。

这次的案子恐怕也只有头三天鸡飞狗跳。再过一个月，外地人就会忘得一干二净。毕竟全国各地隔三岔五就会出命案，大家不可能一直放在心上，跟案子无关的人也不需要记住。

我老家的那起凶案也不例外。因为案子发生在小学的校园里，各路媒体争相报道，可谓轰动全国。可十五年一过，还有谁记得当年的凶案呢？

那天是八月十四日。

我老家的规模和这边差不多，各位回忆一下十五年前的情形就很好理解了。对一个和祖父母住在一起的乡下孩子来说，盂兰盆节并不是什么特别的日子，反而还挺无聊的。因为平时住城里的亲戚都回来探亲了，家里人多，于是大人便会打发孩子出去玩。可真出去玩时，就发现学校的游泳池又不开，去河边玩水又要挨训，说什么"当心被鬼怪拽下去"。

当年的小镇没有任何娱乐设施，也没有便利店。我上午跟着家人去扫墓，早早用过午餐后，就只能像难民那样在空荡荡的镇上四处游荡，直到天黑。

但周围有的是这样的孩子，我并不是特例。同住镇子西边的同年级玩伴纱英、晶子和由佳也一样。所幸小学就在西边，所以我们决定跟往常一样去学校操场上玩。

跟我们一起玩的，还有一个叫爱美莉的女生。她不是土生土长的本地孩子。

上小学后，跟小伙伴们玩什么都是我说了算。可能是因为个子高吧，明明都是一个年级的，大家却总把我当成大姐姐。

例如，几个孩子在河边玩耍的时候，要是谁的鞋被水冲走了，所有人都会看向我。没有人明说"你去捡呀"，但肯定有人问"怎么办呀"。于是我只能去捡。跑到下游，光着脚，战战兢兢地走进河里，蹲守顺流而下的鞋子。好不容易捡回来以后，大家就会说："真纪就是厉害！"仿佛我是个可靠的大姐姐。

不光是孩子们。集体放学的时候，有人在半路上摔倒大哭，碰巧路过的大人都会对我说："你这个大姐姐得照顾好弟弟妹妹呀！"在学校也是如此。只要班上有同学被排挤，老师都会莫名其妙找上我说："玩的时候叫上××同学呀。"

连父母都是这种态度。作为两姐妹中的老大，家里人这么看我倒也是理所当然的，可镇上逢年过节搞一些以孩子为主的活动时，他们都会让我揽下最重的担子。有一次，我没参加学校的志愿者活动，但邻居家的孩子去了。母亲听说后气得猛戳我的头和背，发了好大的火。从那时起，只要有这种性质的活动，我都会报名参加，除非有什么特殊情况。

我就这样成了全镇人口中最"靠得住"的孩子。被表扬的次数多了，我也开始自认"靠得住"了。所以我觉得自己主持大局是理所当然的，非挑大梁不可。哪怕是跟小伙伴一起玩耍，我都会绞尽脑汁琢磨怎么玩能让大家更开心，然后主动提议。

各位可能已经听得一头雾水了。其实我说的都和这次的事情有关，还请耐着性子听下去。

没想到升上四年级以后，风云突变。足立制作所的新工厂建起来了，学校来了一批东京的转校生。我们班的爱美莉就是其中之一。她的父亲是足立制作所的高管，她本人也成绩优异，知道很多乡下孩子不了解的政治经济知识，好比日元升值是怎么回事，升值了又会对国内产生什么影响，等等。

在某节社会课上，班主任老师说"你们住在全日本空气最干净的地方"，可同学们起初都是半信半疑的。下课后，有人去找爱美莉求证。结果她一点头，大家就都信了。

爱美莉说的准没错。

从那时起，班上的同学们做决定前都会去征求爱美莉的意见，哪怕那件事不需要任何城里人才懂的知识，好比值日表要怎么排，汇报演出要表演什么节目……而那本该是我的职责。

我心情很复杂，却又觉得爱美莉说的每句话都很对，她的每个提议也都很新鲜有趣，所以我也无法反驳，渐渐对她言听计从。但自己提议的游戏被她否定，我还是很不痛快的。

在爱美莉搬来前不久，女生中流行起了去街坊邻居家参观洋娃娃的游戏。这当然也是我提议的玩法。大家原本都玩得很起劲，谁知爱美莉一来便说"还是芭比好看"。从第二天起，大家就不玩这个游戏了。

我抢在爱美莉掌握主导权之前提了个新玩法：探险游戏。

镇郊靠近山区的地方有栋没人住的旧洋房，外观还挺时髦的，但好像闲置了好几年。当年孩子们都在传，那本是东京某富商为体弱多病的女儿建的别墅，结果女儿在房子快竣工时去世了，所以从没有人住过。直到很久以后，大家才知道，原来是某度假村开发商想在小镇开发个别墅区，就建了那么一栋样板房，谁知开发到一半，开发商破产了，于是房子就被原封不动地留下了。

大人都会叮嘱自家孩子别往那儿去，而且洋房的门窗都用木板封死了，以免闲人闯入，所以我们平时也很少去。直到有一天，由佳告诉我，钉在洋房后门上的木板掉了，门虽然上了锁，但用发卡一撬就开——她家的葡萄园就在洋房附近。于是我便约上玩伴们和爱美莉，一起去洋房探险。

探险游戏有趣极了，我们一下子就把洋娃娃抛到了九霄云外。只有我们知道洋房是可以进去的。房子里只有几件固定在墙上的家具，但有假的壁炉和华盖床，在我们看来简直跟城堡一样。我们时而带上零食过去开茶话会，时而把各自的宝贝集中起来藏在壁炉里，可惜不到半个月，愉快的时光便戛然而止。

一天，爱美莉突然说她不想再去了，还说把洋房能进人的事情告诉了爸爸。我们问她为什么，她却一声不吭，说什么都不肯告诉我们原因。也不知道是不是爱美莉的父亲找了人，后来再去洋房时，我们发现门上装了更牢固的锁，进不去了。

即便如此，我还是会和爱美莉一起玩，因为她提议的新游戏是排球。我早就下定了决心，上了五年级就进排球队，也曾多次央求父母给我买个球，可他们就是不肯，非说进了排球队再买。但爱美莉有排球，而且还是正式比赛用的名牌。当年我跟爱美莉交好，大概就是为了摸一摸从电视上看到的国家队同款。

案发当天，我们也在打排球。

我向大家提议去学校操场打排球，让爱美莉带上家里的球。

那是个天气晴朗的日子。各位可能会把山区小镇和凉爽联系在一起，但那天阳光灼热，都没法用"秋老虎"来形容了，在外面稍微走两步，露出来的胳膊和腿就火辣辣地疼。

爱美莉说："好热哦，去我家看迪士尼动画片吧。"但大家还是接受了我的提议，因为盂兰盆节期间，家家户户都会反复叮嘱孩子"不要去别人家添麻烦"。

而且我也不太喜欢爱美莉家。她家的好东西太多了，会衬得我自己特别寒酸。其他孩子大概也有相似的心境。

起初孩子们个个都喊热，可一进体育馆的阴凉处，大家就玩疯了。我们围成一圈儿传球，嚷嚷着"要连续传到一百次"。这是爱美莉提的，她说既然要玩，那就定个目标，这样会更有成就感，更有意思。确实如她所说，当数到八十几的时候，大家都兴奋了起来，叽叽喳喳个不停。

爱美莉就是这样一个女生。

第一次数到九十几时，一个穿工作服的男人走了过来。他没大喊大叫，手里也没拿求生刀。他只是缓缓走来，停下脚步，笑着对我们说："叔叔是来检查游泳池更衣室的换气扇的，但一时粗心忘了带梯子。只要骑在叔叔肩上拧个螺丝就行，有没有人愿意帮个忙呀？"

我觉得这种事就该我去办，所以自告奋勇。其他孩子也很起劲。但那人嫌我太高了。别的孩子他也看不上，要么太矮了，要么戴眼镜，要么看着沉。最终，他选了爱美莉。我心想：又是爱美莉啊……

我心有不甘，提议道："大家一起去吧。"大家也很赞成。但那人拒绝了，说是"容易磕着碰着"。他让我们在原地等着，说回头请我们吃冰激凌，然后就牵着爱美莉的手，把她带去了游泳池。

在座的各位家长平时都是怎么给孩子培养安全意识的呢？该不会有人觉得，这方面也该由学校全权负责吧？

"我家孩子拿筷子的姿势不太对，你们在学校是怎么教的啊？"前些天，我接到了这样一通电话。孩子都上四年级了，家长早干什么去了？可是，什么都得靠学校的老师教——也许那位同学的家长就是这么想的。

当然，老师也会叮嘱同学们：在上学或放学的路上被可疑人员搭讪了，就大声呼救，或者拉响挂在书包上的报警器，赶紧跑开；绝不能上陌生人的车；出了事就冲进附近的商店或人家求救；挑人多热闹的地方走；有不对劲的情况一定要向大人汇报。

肯定也有些家长对这方面是比较上心的。近来有个叫"安全联络网"的网站会将可疑人员的信息实时发送到家长的手机邮箱，想必很多家长都注册了账号。

话说前些天，班上的一个女生告诉我："老师！今天上学的时候，有个怪叔叔在人行道那儿盯着我看！"我急急忙忙赶去一看，原来是其他年级的老师在路口站岗。如果当年的我们能像那位女生那样警觉，也许凶案就不会发生了。

可惜当年的大人不会跟孩子叮嘱这些，我们都没接受过这方面的教育。更何况我们身在校园，对方又穿着像模像样的工作服，还给出了正经的事由。

爱美莉走后，我们传满了一百次，在体育馆前的台阶上聊了会儿天。爱美莉一直都没有回来。眼看着夕阳西下，宣告傍晚六点的旋律响起。这边放的是《七只乌鸦》，但我老家放的是《绿袖子》。

爱美莉怎么还不回来？我们有点儿担心，决定去游泳池看看情况。那所小学的游泳池布局和若叶第三小学非常相似，但出入口是整个夏天都开着的。我们就这么进去了，穿过游泳池，走向更衣室。更衣室静悄悄的，只能听到远处的蝉鸣。

更衣室也没上锁。走在最前面的我打开了女更衣室，但爱美莉和那个人都不在里面。她不会是默不作声地回去了吧？我有点儿生气。保险起见，我们决定打开男更衣室看看。开门的是晶子。在晶子反手拉开房门的刹那，骇人的景象映入眼帘。

只见爱美莉倒在地上。因为头朝着门，所以我们可以清楚地看到她大睁着眼睛，口鼻溢出液体。我们一遍遍喊她的名字，她却毫无反应。

我心想，她肯定是死了，出大事了。大概是条件反射吧，我立即对在场的每个人发号施令。

我让跑得快的晶子和由佳分别去爱美莉家和派出所报信，安排最老实的纱英留在原地守着，我还说自己去找老师来。没人反对。除了留守的，三人一齐冲了出去。

各位不觉得我们很勇敢吗？不过十岁的孩子发现了同学的尸体，却不哭不闹，努力履行自己的职责。

除我以外的三人是真的很勇敢。

去爱美莉家和派出所的两个出了游泳池，穿过操场，冲向了体育馆后面的后门，因为走后门更近。所以我独自去了教学楼。教学楼有两栋，纵向排成一列。二号楼面朝操场，一号楼面朝学校正门，教工办公室就在一号楼一层。

许多人误以为老师也能放暑假，其实不然。同学们放暑假的时候，老师们也要照常上班的，朝八晚五，只不过跟普通企业的员工一样有带薪假期，盂兰盆节也放假。

如果那天是工作日的话，哪怕正值暑假，办公室里也一定有老师值班。但我之前也说了，案子发生在八月十四日，刚好是盂兰盆节连休中间那天。教职员工都放假了。上午说不定还有一两个人来学校办事，但我去找人的时候已经下午六点多了。

我冲到一号楼一看，包括正门在内的五扇门全都锁着。我便去了两栋教学楼之间的中庭，绕到办公室窗外。不用踮起脚，也能透过白色窗帘的缝隙看到里面的情形，可惜办公室里空无一人。

就在这时，我突然怕了。学校里不会只剩下我和杀死爱美莉的坏人吧……他不会就躲在附近，好伺机对我下手吧……回过神来才发现，我正在狂奔。冲过中庭，冲出学校正门，我直奔自己家。到家了也没停下，我把鞋撂在门口，冲回自己的房间，关上门，拉上窗帘，蒙上被子，瑟瑟发抖。好怕，好怕，好怕……脑海中只有这一个念头。

过了一会儿，母亲冲了进来。"在这儿！"她大喊一声，揭开被子，问我"出什么事了"。我回家时，母亲刚好出门采购了。她在半路上听说小学出了大事，便急忙赶去学校，在混乱中找了我好久，却没有找到，心想得赶紧通知父亲，便回了一趟家。见门口有我胡乱脱下的鞋子，她才找了过来。

我哭着告诉她，爱美莉死在了游泳池的更衣室里。母亲厉声责备道："出了这么大的事，你怎么一回家就躲起来了，都不告诉大人啊？"我正想说自己太害怕了，不敢告诉她，却忽然寻思起来，不知道她们几个怎么样了。

我心想，向来可靠的我都怕得逃回了家，她们肯定也跑了。母亲却说，就是晶子的母亲告诉她学校出了事。

磕破了头的晶子被哥哥带回了家，告诉母亲"爱美莉在游泳池出事了"。阿姨在去学校的路上遇到了我的母亲，于是两个人就一起去了小学，说是还在半路上遇到了被母亲背回家的纱英。

由佳跟爱美莉的母亲和片警叔叔一起待在泳池。平时不太起眼的她，把发现爱美莉的经过讲得清清楚楚。

"你上哪儿去了？最需要你挑大梁的时候，你居然一个人跑回来了！丢不丢人哪？丢死人了，真不像话……"母亲一边数落我，一边反反复复打我的头和背。我哭着说"对不起"，说了一遍又一遍。但我不知道自己在为什么道歉，又在向谁道歉。

想必各位都听明白了。逃跑的就我一个，其余三人都尽到了自己的职责。将噩耗告知爱美莉的母亲该有多可怕啊！跟平时没说过几句话、长得又凶的片警叔叔说学校出了什么事该有多可怕啊！守着尸体就更不用说了。

我一点儿都不勇敢，不仅不勇敢，还因为这起案子失去了重要的东西。

我失去的，是自己存在的价值。

我单独接受过警方的问话，但四人在师长的陪同下一起接受问询的情况要更多一些。凶手是从哪个方向来的？他是怎么跟你们搭话的？着装呢？体形呢？长相呢？像不像哪个明星……

我拼命回忆当天的情况，带头回答问题。一方面是想抵消"只有自己逃跑"的愧疚；另一方面则是因为，由母亲陪同时，她会不时在后面偷偷戳我，言外之意："快带头回答呀！"

但我惊讶地发现，自己的说法被后回答的玩伴们接连否定了。

"那个大叔穿着灰色的工作服。"

"不对，比灰色更绿一点儿。"

"眼睛是比较细长的那种。"

"有吗？也不是很细长吧？"

"看着挺面善的。"

"瞎说！哪里面善了！他说回头会请我们吃冰激凌，所以你才会这么觉得。"

大概就是这么个感觉。哪怕是在爱美莉掌握主导权后，她们三个也从没有反驳过我的意见。可警方问话的时候，她们一次次否定我的说法，看我的眼神也仿佛在说："你胡说什么呢？"而且她们一边否定我，一边异口同声道"想不起来凶手长什么样了"。明明想不起来，却说我说的不对。

我心想，她们肯定知道我一个人逃回家了。她们没有当面指责过我，但心里肯定有气，肯定很瞧不起我。

平时装得一本正经，搞了半天，你才是一等一的胆小鬼。现在跑出来抢风头又有什么用？

但如果只是这样，我也许会有些内疚，还不至于被负罪感压得喘不过气。毕竟我好歹是去过教工办公室的。在这起案件中，我最大的罪过并不是仓皇逃跑。

今天是我第一次坦白那个更大的罪过。

我明明记得凶手的长相，却说自己"想不起来了"。

她们三个清楚地记得从凶手过来搭话到发现尸体的全过程。可是一问起凶手的长相，她们就只会歪着头说"不记得了"。我很不服气。怎么可能只忘记长相呢？难以置信。我还很生气，心想既然你们不记得，那又何必否定我的说法呢？我明明回答得那么准确。其实我差点儿就把这话说出口了。我自认是四个人中学习最好的，所以还暗暗取笑她们，嫌她们蠢。

可我居然比她们还胆小吗……想到这里，我的脑海中浮现出一个念头。她们三个都独自完成了自己的任务。在此期间，她们肯定比四个人一起发现尸体时害怕得多。是那段时间的恐惧，让她们无法记起凶手的长相吗？

我之所以记得，是因为后来什么都没做。

被问及发现尸体后分别做了什么时，我回答说："因为办公室里没人，所以我决定回家喊个大人过来。"学校和我家之间的路上住着好几户人家。其中有几户是参观洋娃娃的时候去过的。但我没有去，直接回了自己家，也没有通知任何人。父亲和亲戚们明明都在家里。

如果我在第一时间通知大人，是不是就能搜集到更多关于可疑人物的目击证词了呢？直到最近，我才想到这一点。

在当年的我看来，记得凶手的长相好像不是什么好事。因为我觉得，如果只有我一个人准确描述出了凶手的长相，警察和老师就会意识到"只有我什么都没做"，进而指责我。

但我并不后悔说自己"想不起来了"。一段时间后，我反而深深庆幸自己给出了这个回答。

因为凶手没有落网。我如果逞一时之勇，说只有自己记得，还被凶手知道了，就会沦为他的下一个目标。说"想不起来了"才能自保。

可能是刚好到了交友圈子不再仅限于年龄相仿、家住得近的，而是更侧重兴趣与观念相仿的年纪，也可能是不愿想起那件事，出事以后，我们四个就很少在一块儿了。

我在上五年级时进了排球队。升上六年级时，我竞选了学生会的副主席，顺利当选。参选也是母亲的意思，之所以让我竞选副主席，是因为主席向来都是男生当的。我结识了新的朋友，有了大展拳脚的新舞台。我拼命努力，只为了一雪前耻。上初中以后，我也主动担任班干部，积极参加本地的志愿者活动。

久而久之，夸我"靠得住"的人更多了。

我甚至没意识到这都是在逃避现实。我远远地看着总是战战兢兢的纱英，动不动就不去上学的晶子，还有深更半夜四处游荡、顺手牵羊的由佳，认定自己是出事后最努力的一个，认定自己已经充分履行了在案件中的职责。直到那一天——

案发三年后，爱美莉的父母要搬回东京了。听说阿姨原本是不想走的，非要等案子破了不可，但为了叔叔的事业，他们非走不可。阿姨曾一度因伤心过度而卧床不起，她比谁都希望警方早日破案，但内心并没有强大到不惜独自留在镇上也要揪出凶手的地步。

初一那年夏天，身材修长、长得跟女明星一样漂亮的阿姨把我们四个叫去家里，说是想在离开小镇之前，最后再听我们讲讲案发当天的情况。她说："这是最后一次了。"我们无法拒绝。

　　叔叔的司机开着大车依次上门接人。就这样，我们四个一起前往之前只去过一次的爱美莉家，也就是足立制作所的员工公寓。那是案发后我们第一次一起行动，但一路上都没提起爱美莉的案子，聊的都是些不痛不痒的话题，好比社团活动和期末考。

　　只有阿姨在家。

　　天气晴好的周六下午。装修得跟高档酒店一样，可以俯瞰全镇的房子。从东京寄来的蛋糕，上面缀满了叫不出名字的水果。美味的红茶。如果爱美莉也在，定会是一场优雅的送别会。可爱美莉被人害死了。房中的气氛阴郁极了，与晴朗的天气形成了鲜明的对比。

　　用过蛋糕后，阿姨让我们叙述案件的经过。我们便又讲了一遍，我讲得多一些。就在这时，阿姨突然歇斯底里地吼道："这些话我听够了！翻来覆去就只会说不记得凶手长什么样了。都怪你们太蠢，查了三年还没抓到凶手！要不是跟你们这群白痴一起玩，爱美莉又怎么会出事？都是你们的错……都怪你们这群杀人犯！"

　　杀人犯——世界天翻地覆。出事以后，我咬紧牙关拼命努力，却没有任何回报，阿姨甚至还把爱美莉的死归咎于我们。

她继续说道："我这辈子都不会原谅你们。在时效届满之前，给我找出那个凶手。找不到，就用我满意的方式赎罪。都做不到，我就报复在你们身上。我比你们的父母有钱有势多了。你们的下场会比爱美莉惨上千百倍。作为爱美莉的母亲，只有我有这个权利！"

那一刻，我觉得爱美莉的母亲比凶手还可怕。

对不起，我记得凶手长什么样。

如果能当场说出这句话，也许此时此刻我就不会在各位面前讲这些事了。可是说来惭愧，那时我是真的忘记了凶手的长相。那人的脸本就没什么特征，更何况我一直都在暗示自己"想不起来了"。三年的时间，足以冲淡记忆。

第二天，阿姨就离开了小镇，给四个孩子留下了一个无比沉重的约定。不知道其他人是怎么想的，反正我是拼命琢磨怎么样才不会被报复。

抓住凶手是肯定没戏了。于是我选择了后者，用爱美莉的母亲满意的方式赎罪。

听到这里，各位应该就能明白胆小懦弱的我为什么敢扑向持刀的歹徒了。不过是因为我有这方面的经验罢了。

而田边老师没有。这就是我们仅有的差异。可就是这么一丁点儿的差异，让我成了公众口中的英雄，田边老师却受尽谴责。

是田边老师导致了案件的发生吗？

歹徒翻过隔开游泳池和橘园的铁丝网，闯入校园。人们总把"安保措施"挂在嘴边，可哪所学校会建监狱那么高的围墙呢？这个国家有没有富裕到能在公立学校装满监控摄像头，不留一处盲区的地步？反过来说，在出事之前，在座的各位之中有没有人意识到，治安已经恶化到了需要这种设备的地步？

轮到自己当安保巡逻员了，就谎称生病、擅自缺勤的人，又有什么权利谴责田边老师？大家却对田边老师口诛笔伐，仿佛是在发泄平日里的愤懑。我接过打来学校的抗议电话。而且我和田边老师住同一栋单身公寓，亲眼看到过他家门上贴着的传单。上面写满了不堪入目的诽谤和中伤话语，我都纳闷儿，写传单的人敢不敢把这些传单拿给自家孩子看。深更半夜，他家的座机和手机都响个不停。我甚至听到过他把那些东西砸到墙上的声响。就连他放在停车场的车，都被人砸碎了风挡玻璃。

想必各位都清楚，这就是田边老师的精神状态不足以让他登台发言的原因。

田边老师究竟做了什么？如果各位是因为自家孩子受了惊吓而发怒，那为什么不去谴责歹徒呢？是因为三十五岁的无业男子看过心理医生，还是因为他的父亲是本地最有权势的议员？

也许只是因为，谴责田边老师更容易一些？

我不过是他的同事，却也深感同情。各位能想象出和他约定终身的女朋友会是什么感受吗？

众所周知，田边老师毕业于国立大学，身材高大，相貌堂堂，在运动场上更是十项全能，原本深受同学与家长的喜爱。其他老师去做家访时，有些同学的母亲甚至会毫不隐晦地说："来的是田边老师就好了。"他在女老师中当然也很吃香。参加研讨会的时候，都有外校的老师找我打听"田边老师有没有女朋友"。

听到这里，也许会有人问：那你是不是也喜欢他啊？其实跟他打交道的时候，我还挺不自在的。刚来这所学校的时候，他对我说："有什么问题尽管来找我帮忙！"从没有人对我说过这种话。我开心极了。可我不知道怎么依靠别人。照理说，找人家帮忙做自己做不了的事情就是了，可我就没什么做不了的事情。

在作为同事和他相处的过程中，我渐渐发现自己可能不太会应付这个人。田边老师跟我很像。而我讨厌自己。

学习成绩的好坏与运动能力的高低，并不一定和器量的大小成正比；与个头的大小更是毫不相干。但一个人只要稍微长得高大一点儿，能相对机灵地处理好一些事情，就会被旁人贴上"靠得住"的标签。

田边老师肯定也是从小到大都被人夸"靠得住"。而且他是男生，被这么表扬的次数可能比我还多一些。

我想田边老师应该也有"自己很靠得住"的意识。自己班上出问题的时候，他本可以找同年级组的其他老师商量，却总是想办法靠一己之力解决。别的班级有什么事，他又要插上一脚，动不动就给人家提建议。

我也有这种倾向。所以田边老师应该也不太喜欢我吧。

田边老师选的女朋友长得娇小瘦弱，跟瓷娃娃一样楚楚可人。她明明很懂电脑，曾半开玩笑地说自己给某地的警察局发了电脑病毒，可田边老师一路过，她便会问他打印机该怎么用。不过是让田边老师帮忙打了几页纸，她就在休息日带着自己做的糕点上门去了。看着田边老师兴高采烈地迎她进门，我才意识到，依靠别人原来这么简单。

我一点儿都不嫉妒她。只是一看到她，就会想起和我一起遭遇那起案件的其中一个玩伴，所以也不太喜欢跟她打交道。田边老师的女朋友就是医务室的奥井老师。

歹徒关口掉进游泳池后，我立即用分机电话联系了教工办公室，说："有歹徒闯进游泳池伤了人，赶紧叫救护车！"最先赶来的并非人高马大的男老师，而是瓷娃娃似的奥井老

师。是大家觉得"有人受伤"比"歹徒闯入"更要紧吗，还是
强壮的男老师们准备对付歹徒的武器去了？

就在田边老师事后因服用过量安眠药被送往医院的第二
天，奥井老师就打电话去某出版社，说我案发当时的行为有
过激之嫌。当天晚些时候，某周刊杂志的网站上就出现了这
样一篇文章，在座的各位不可能不知道。

> 女教师因勇敢扑向歹徒，保护学生而被视为英
> 雄，但她有必要置歹徒于死地吗？在所有学生被疏
> 散后，大腿严重受伤的歹徒每次从泳池探出头来，
> 她都像踢足球那样猛踹对方的脸，令人沉入池底，
> 直到他再也浮不起来。被歹徒推了一把，因撞伤疼
> 痛得爬不上岸的男教师在化作血海的池中目睹了
> 地狱般的一幕。究竟是谁夺走了男教师重返讲台的
> 气力？

自那天起，英雄变成了杀人犯。

爱的力量果然伟大，连舆论都能扭转。

有了新的抨击对象，各位肯定也很开心吧。人人都说田
边老师可怜，就好像把他逼入绝境的是我一样。有些孩子在
出事前就沉默寡言，注意力不集中，家长却将孩子的无能统

统归咎于我，这样是不是就能纾解平日的压力了呢？嚷嚷着要我赔偿沾了血的浴巾时，我是真的无言以对。

"还不快开除那个杀人犯老师！让她当众下跪道歉！让她负责！"

于是学校在今天举办了临时家长会，我亲自站上了讲台。可我之所以受到这样的谴责，是因为没有同学遇害吗？

各位是不是觉得，我无缘无故踹死了一个稀里糊涂溜达进学校的病弱男孩？

难道我该等他害死四五个学生以后再行动吗？难道我该像懦弱的同事那样，假装被推入池中，袖手旁观同学们被歹徒袭击？

还是说，我跟那歹徒一起死了，各位就满意了？

早知道我就不救你们的孩子了。

刚出事时，人们还觉得用不着讨论我算不算正当防卫，因为那人的腿是自己扎伤的，又是自己掉进了游泳池。可惜我运气不好，那人的父亲偏偏是个有权有势的人。看来要不了多久，警方就会签发逮捕令了。

说不定，好心的刑警在等我说完再抓我。那就再交代一件事吧。

周刊杂志网站说我"每次"看到歹徒探头都抬脚踹人，但我其实就踹了一脚。所以真上了法庭，"那一脚有没有杀意"肯定会成为审理的关键。一想到在座的各位可能会被抽中当陪审员，我就不寒而栗。

我也懒得再向你们讲述更多的真相了。反正也毫无意义。接下来的话，只说给台下的一个人听。

感谢您远道而来，麻子阿姨。

我以为您所说的"赎罪"，就是做一个顶天立地的人，无愧于去世的爱美莉。当年的经历让我意识到自己靠不住。而且为了赎罪，我在初中和高中都担任了学生会主席和排球队队长，同时刻苦学习，考上了大学。

之所以考这边的大学，是因为想在海边住住看。我还以为，可以瞭望无垠太平洋的海滨城镇肯定充满了憋屈的山间小镇所没有的自由感。这虽然是个天大的误会，但我也从未想过要回到那座小镇。

大学毕业后，我选择了"小学教师"这份工作。

说实话，我不是很喜欢孩子，不过从事喜欢的职业就算不上赎罪了。我觉得自己必须置身于当年犯错的地方，在那里尽我所能。

我当老师也才两年多一点儿。我每天早上来得比谁都早，耐心听同学们东拉西扯，礼貌应对家长仿佛是用来消磨时间的投诉，文书工作一律当天解决，忙到再晚也绝不拖过夜。

我已经身心俱疲了。每天都好想哭，好想逃。倒也不是没有愿意听我倾诉的朋友。我也给学校排球队的队友们打电话、发消息抱怨过工作上的烦恼。但她们给出了清一色的回答："你可不像是会发牢骚的人啊，加油！"

那我像什么人？"明明靠不住，在旁人眼里却很靠得住"的人吗？了解我真面目的，就只有当年一起经历那件事的三个人。想到这里，我就非常思念她们。

我和她们没什么来往，但我妹妹上了本地的职校，留在了老家，所以能时不时通过妹妹了解到她们的近况。

听说纱英找了个"高富帅"老公，要出国了。晶子还是闷在家里，不过我前些天看见她带着哥哥家的孩子开开心心地上街买东西呢。由佳也回来了，说是快生孩子了。

上个月初，她是这么跟我说的。我顿时就觉得自己好傻啊，居然为了赎罪吃了那么多苦。她们早就不记得那件事了，也忘记了和阿姨的约定。

冷静下来想一想就知道了。就算我们没有遵守约定，爱美莉的母亲也不会真的来寻仇呀。她就是想让我们拿出点儿决心来。

我心想，原来就我一个没走出来。原来就我一个还在傻乎乎地赎罪。

我觉得我的努力是那样可笑，于是在工作上也开始偷懒了。有家长不交午餐费，我也不会逼着自己去家访了。反正又不会从我的工资里扣，随他们去吧。早上有人打电话说肚子疼，我就直接准假，不会细细打听症状，管他是不是在装病呢。同学之间拌嘴吵架也不劝了，干脆让他们闹个过瘾。

脑子一转过弯，心里就轻松多了。也不知是为什么，同学们好像也更喜欢我了。大概是因为之前我把自己逼得太紧了，也害得同学们都喘不过气了。

就在这时，纱英的名字出现在了新闻节目里，说她刚结婚就杀害了性癖异常的丈夫。没过多久，父母就把爱美莉的母亲寄来的信转给了我。信封里没有阿姨的只言片语，只有另一封信的复印件。那是纱英写给阿姨的信。

看了信，我才知道纱英这十五年是怎么过来的。都怪我不负责任地让她看着尸体，她一直生活在我无法想象的恐惧之中。我还想，要是自己当时从中庭折回了游泳池……

纱英用自己的方式赎了罪，履行了跟阿姨的约定。她喜欢洋娃娃，人也长得跟洋娃娃似的，是我们四个人里最乖巧老实的一个。但她比我坚强好几倍。

也许十五年过去了，最胆小懦弱的还是我。

就在这个节骨眼儿上，歹徒闯进了学校，在一个艳阳高照的日子闯进了小学的游泳池。我的眼前是一群即将被歹徒袭击的四年级小朋友。方方面面都是那样相似，我都怀疑那是不是爱美莉的母亲安排好的，她是不是正在某处监视着我。

我心想，要是在这个时候逃跑，哪怕时效届满，我也只能在案子的阴霾下度过余生了。所以我毫不犹豫。宁可被刀砍死，也不要当一辈子的胆小鬼。

想到这里的时候，我已经奔向了关口。

我就是为了这一天才当了小学老师，就是为了这一天才熬过了排球队的艰苦训练。要找回失去的东西，这就是唯一的机会。我怀着这样的念头，扑向关口的脚下。

我根本没想过要撂倒关口，或是置他于死地。绝不能让孩子在我眼皮底下出事。必须保护好他们。这一回，我一定要做个靠得住的人。我的脑子里就只有这些念头而已。

奥井老师的证词还有一处需要订正的地方。文章里说当时同学们已经疏散完毕了，但歹徒试图爬上岸的时候，还有一个孩子没离开游泳池边，那就是受了伤的池田同学。守着池田同学的，正是瓷娃娃似的奥井老师。我不觉得她能保护好池田同学，也不想让她保护。因为我比她更靠得住。

唉，此时此刻，我终于能理解田边老师的感受了。害他吃安眠药的，搞不好还真是我。

"好痛啊！好痛啊！"池田同学哭喊不止，裹着伤口的浴巾已是一片血红。我忽然寻思起来：爱美莉遇袭的时候，有没有哭喊尖叫呢？出事后，我把所有的注意力都放在了自己的懦弱上。我想象过三个小伙伴的恐惧，但也只是为了衡量自己的恐惧。爱美莉的感受，却是我从没想象过的。

最怕的明明是爱美莉啊。也许她喊了无数遍"救命"。可我们都没去看看她。爱美莉，对不起。我第一次产生了这样的想法。

有些大人和变态竟要残害明显比自己弱小的孩子。岂有此理?! 被愚蠢的成年人毁掉未来的孩子，有我们几个就足够了。

眼看着歹徒把没受伤的腿架上池边。人世间就不该有这样的大人。我径直冲了过去。

关口那张沾了水的扁扁的脸，和十五年前的凶手的面孔重叠在一起。在全力一踹的刹那，我觉得自己的赎罪终于结束了。我也履行了约定。

但那并不是我真正该做的。胆小鬼的赎罪，必须通过勇敢的坦白来实现。

在踢中关口面部的那一刻，十五年前那个凶手的面容清晰地浮现在我的眼前。

柳叶眼的秀气长相是近几年才火起来的。警察问我"凶手像不像哪个明星时"，我是一个都没想起来，现在却能举出好几个。周四八点档电视剧里的男二号，人称某某王子的爵士钢琴家，狂言师[1]……都是年轻人。

纱英的信里也说，凶手当时还没有老到非叫"大叔"不可。

在那张脸的基础上加十五年的话……我想起了一个不是明星的人，自由学校[2]的主理人南条弘章先生。去年夏天发生纵火案的那所学校就是他开的。当然，我并不是说南条先生就是凶手。

还有一个人比他更像当年的凶手，但是提那个名字实在不妥。而且人都不在了，还是算了吧。

由衷希望这些线索能帮警方早日抓获凶手。

可这样您就心满意足了吗？

您失去了心爱的独生女，确实令人同情。我也相信，无论是十五年前还是现在，最想揪出那个凶手的人都是您。然而，您是不是也不该将痛失爱女的悲伤、抓不到凶手的焦躁和自己无能为力的挫败感都转嫁到女儿的玩伴身上呢？

我总觉得，自己和纱英一直走不出案件的阴霾，并不是因为凶手，而是因为您。麻子阿姨，您就不这么觉得吗？因此您才会千里迢迢来到这里，见证当年的蠢孩子是怎么赎罪

---

1 狂言是日本的一种传统戏剧，其演员被称作狂言师。——编者注
2 广义指尊重儿童自主性与发言权的私立学校。在日本主要招收不愿上学的学生，算是传统学校之外的新学校形态。

的，不是吗？

　　还有两人。希望错误的赎罪连锁反应不要再继续下去了，但我对此无能为力。

　　无能为力——多么美好的词语啊！

　　我的解释到此为止。没有答疑环节，请各位见谅……

狗熊兄妹

小时候，我可喜欢哥哥了。

翻身上杠、双飞跳[1]、自行车……全都是哥哥教我的。我还是有点儿运动细胞的，就是学得慢。哥哥总是耐着性子陪我练到天黑，从来都不发火。

加油，加油，就差一点儿了。咱们晶晶肯定行——他总是这么鼓励我。

直到现在，我看着晚霞发呆时，似乎也能听见哥哥喊"加油"的声音。对了，那天来接我的也是哥哥呢。

哪天？当然是爱美莉出事那天啦！

你是心理咨询师吧？你想知道案发当天的情况，那我就讲讲好了，可是该从哪里讲起呢？她们三个都比我靠谱多了，脑子也灵光，大家在一起的那部分还是问她们好了。

---

1 跳绳技法，跳跃一次，摇绳绕身两回环。——编者注

行吗？

那就只说我自己的故事，还有我跟爱美莉的吧。

不过都过去好多年了，还问那些干什么呢？真是怪了……哦，我知道了。

因为快过时效了吧。

那天一大早，我就兴高采烈的。因为我穿上了前一天回来的洋子姑姑买给我的新衣服。

她在城里的一家百货店上班，每次回老家都会给我跟哥哥买衣服。但之前给我买的都是运动品牌的汗衫什么的，看着像男孩子穿的，和给哥哥的是同款。

但那年不一样。"晶子都四年级了，要不试试少女一点儿的打扮呢？"于是她给我买了一件漂亮的粉红色上衣，上面还缀着蝴蝶结和荷叶边呢。

闪闪亮亮，好梦幻哦，跟富家千金的公主裙似的。我也可以穿这种衣服吗？我怀着难以置信的心情把衣服举到身前比画，心都醉了。旁边的父母和亲戚却笑成了一团。

"让晶子穿那种衣服像什么样子呀！"——这话是爸爸说的。那件衣服的价钱和家里平时买给我的差了一个零，掏钱的要不是他亲姐姐，他才不敢这么直说呢。亲戚们肯定也有同感。哥哥倒是夸了句"挺好看的嘛"。可洋子姑姑自己都苦笑着说："哎哟喂……"

虽然不能跟现在比吧，但我上小学的时候就已经长得膀大腰圆了，穿的都是大我两岁的哥哥淘汰下来的衣服，而且我还留着短发，所以常被人错当成男孩子。班上的男生都喊我"男人婆"。不过我早就习惯了。从我记事起，一直都是这样。

再说了，他们好歹还拿我当个人。毕竟父母和亲戚老说我们是"狗熊兄妹"。常有女生送维尼熊的周边给哥哥当情人节或生日的礼物，说是有几分神似呢。不过你别看哥哥长成那样，虽说算不上特吃香，但异性缘还是不错的。

当男人就是占便宜。哪怕长得像熊，只要有运动细胞，就有女孩子追着跑。长得壮实也没一点儿坏处。

"晶子也是个男孩就好了。"——妈妈当年老这么念叨。但她应该不是嫌我没异性缘，就是心疼另外买女款体操服和游泳衣的钱罢了。

对了，我也跟爱美莉聊过这个话题呢。

跟亲戚们去扫了墓，吃过午饭后，我就出门瞎转悠了，想找几个跟自己一样闲着没事干的伙伴。不一会儿，我就跟平时一起玩的纱英、真纪和由佳碰了头。她们都住西区，也都上四年级。我们四个站在香烟店门口聊天的时候，爱美莉也走下了坡，说是从自家窗口看到了我们。因为爱美莉住在全镇最高的地方。真纪提议去小学的操场打排球，于是爱美莉就回家拿球了，我也跟了过去。因为真纪说："晶子，要不你陪着爱美莉吧？反正你腿脚快。"

可拿个球又用不着跑。真纪就是想让事情朝有利于自己的方向发展，所以才用腿脚快不快当借口。我心里清楚，但惹她生气会很麻烦的，而且她有时候也确实很靠得住，我就乖乖听话了。另外两个人大概也是这么想的吧。

我跟爱美莉一起沿平缓的上坡路走向那栋城堡似的公寓。爱美莉是四月转来的，大家经常一起玩，但那是我第一次跟她单独相处。我本就不是一个健谈的人，不知道该说什么。正默默走着，爱美莉开口说道："你的衣服真好看。是'红粉小屋'牌的吧？我也很喜欢这个牌子呢。"

她说的是姑姑买的上衣。虽然被亲戚们一通取笑，但我还是穿新衣服去扫墓了，一上身才发现还挺合适的。

爸爸半开玩笑地说："晶子看着都像个女孩子了。"妈妈也用佩服的口气说："在百货店上班的人啊，眼光就是不一样。"我可开心了。

"那是穿出去见人的衣服，换身别的再出去玩！"扫完墓回家后，妈妈如此提醒我。但我就是想显摆显摆，就这么穿着新衣服出了门。

可小伙伴们连提都没提一下。哥哥自己总结出了几条"乡下人定律",平时也会跟我分析分析,里头就有这么一条——伸手够得着的,乡下人才会羡慕;死活够不到的,乡下人只会当没看见。也许她们是在不知不觉中践行了这一条。不过,她们应该只是对我穿什么完全不感兴趣吧。但我又不能主动提自己穿了新衣服。

爱美莉却提了。我心想,东京来的时髦女生就是不一样。可好不容易得了夸奖,我却不知道"红粉小屋"这个牌子。我很难为情,但又想多了解一点儿,就问了爱美莉。她告诉我,"红粉小屋"出了很多设计甜美的衣服,带荷叶边、蝴蝶结、胸花和刺绣徽章什么的,很有《绿山墙的安妮》《小妇人》的氛围感,能让向往可爱的女生美梦成真。

店里肯定有好多好多漂亮衣服,真想去逛逛看啊。如果衣柜里都是"红粉小屋"的衣服,那该有多好啊!光想象,我的心就怦怦直跳。其实我就喜欢那些女孩子气的东西,只是没告诉过任何人。

因为我是"狗熊"啊。

还记得洋娃娃在女生中流行过一阵子,大家都画过自己设计的裙子。爱心穿成的金色头冠、缀满了粉色和白色的玫瑰,美得跟花田一样的裙子、水晶鞋……看到我全神贯注画出来的东西,大家都惊呼:"哇!连晶子都能想出这么可爱的裙子呀！"哼，真没礼貌。

但这也能体现出，我跟"可爱"是八竿子打不着的。可爱的东西跟狗熊不搭。在心里悄悄把玩，我就心满意足了。

光是有人夸我身上的衣服，我就很开心了。没想到爱美莉接着说道："你穿这种可爱的衣服真好看，好羡慕你哦！我也想要，可妈妈不肯买，说不适合我。"

听着不像是在拿我寻开心。

可爱的衣服适合我，却不适合爱美莉？怎么会呢？爱美莉身材苗条，还有一双大长腿，穿甜美可爱的衣服肯定是不难看的，但硬朗帅气的风格更称她的身材，就这么简单。那天她穿了一件紧身的黑色T恤，上面印着粉红色的"芭比"商标，配了条红色的格子百褶裙，特别适合她。

"真好看……"爱美莉用羡慕的口吻念叨了好几回。我开心得都有些难为情了，就胡乱找了个借口。

"我姑姑在百货店上班，这件衣服就是她用员工折扣买的。我妈妈才不会买这么贵的衣服给我呢。我平时穿的都是哥哥淘汰下来的旧衣服。我已经很不乐意了，妈妈还总说'晶子也是个男孩就好了'。"

"啊！我妈妈也这样！她也说过'爱美莉是个男孩就好了'。"

"不会吧，阿姨怎么会这么说你呢？"

"真的！还不止一次呢，表情还很懊恼似的，气死人了。"

爱美莉噘着嘴说道，我却不敢相信。她有一双清澈明亮的柳叶眼，是男孩肯定也很帅，可作为女孩，她也足够漂亮了呀。

不过一想到爱美莉也被妈妈这么念叨过，我就莫名地开心，对她倍感亲切。我心想，也许我可以告诉爱美莉，自己喜欢可爱的东西，也想跟她做更亲密的朋友。

直到现在，我还在为这些念头后悔。

我们说着各自母亲的坏话，走到了公寓。穿过有管理员守着的大堂，坐电梯到七层，往东走到底就是爱美莉家。她说"我家可小了，就4LDK[1]"，可我都不知道LDK是什么意思。

爱美莉按下门铃，开门的是她妈妈。阿姨身材纤长，眼睛好大好大，漂亮得跟女明星一样。一样是"妈妈"，我妈妈却是矮矮胖胖的，我都不好意思对阿姨用这个称呼了。我被迎进了飘着冷气的玄关，和阿姨一起等爱美莉回房取排球。

"谢谢你们带爱美莉玩。天这么热，何必出去打排球呢？干脆来我们家坐坐吧，正好有刚送来的蛋糕。回头招呼大家一起来呀。"

优雅而温柔的声音传来，我却只能缩头缩脑，站在玄关

---

1 L指客厅，D指餐厅，K指厨房，4LDK就是包括上述三种房间在内一共四个房间的户型。

干笑。搞不好当时我还憋着气，因为爱美莉家里的东西看着都很高级，我怕自己一不小心碰坏了。

我就是在第一次去爱美莉家做客的那天晚上，体会到了什么叫"紧张到肩颈酸痛"。

哪怕只是站在玄关，我都不敢松懈。因为摆在鞋柜上的花瓶让我想到了凡尔赛宫，门边的白色大陶壶又让我想到了帕特农神庙，天知道那是伞架还是摆设。

可爱美莉居然一边拍球，一边沿走廊走了回来。

"六点前回家哦，当心车。"

说着，阿姨摸了摸她的头。

"知道啦，知道啦。"

爱美莉莞尔一笑，如此回答。

对我而言，被父母摸头早已是遥远的回忆，所以我有点儿羡慕地看着那一幕，心想"爱美莉是被爱着的呀"。

我做梦都没想到，那会是爱美莉和母亲见的最后一面，当然也没想到在短短几小时后，自己会再次来到这个令人不舒服的地方。

明明是案发当天，我却净说些跟案子无关的事情。倒也不是故意岔开话题啦。只是每次试图回忆起当时的情景，我都会头痛欲裂，所以才想绕开最沉重的那部分……

然后就直接跳到发现尸体之后了，行吗？

哦，对了。再补充一条吧——我觉得吧，凶手没带走我，并不是因为我看起来很重，而是因为我是狗熊。

也就这些了……那就讲讲发现尸体之后的事情吧。

真纪用"晶子跑得快"这句老掉牙的话发号施令，于是我就赶去了爱美莉家。这回真是跑着去的。我和由佳一起跑到体育馆的后门，出了门，我们便冲向了相反的方向。

不好了，不好了，不好了……

脑子里只有这一个念头，并没有太害怕的感觉。肯定是因为那时我还没认识到事态的严重性。如果我考虑得更周全一点儿，兴许就能在跑到爱美莉家之前整理一下思路，用更妥当的方法将爱美莉出事这个残酷的事实告诉阿姨了。我也许能想到，可以先回一趟家，让我妈妈陪着一起去，或者让别的大人转告。我也许会意识到，没必要说出"死"字。

但我只是埋头狂奔。

在半路上的香烟店门口跟哥哥擦肩而过都没发现。管理员大叔就坐在公寓的大堂，我却从人家跟前跑过，冲进了电梯。

一到爱美莉家门口，我就顺势狂按门铃。

"怎么啦？慌慌张张的像什么样子。"

阿姨边说边开门。见来人是我，她惊呼道："哎哟，是晶子啊。"我喘着粗气，脑海中却闪过一个念头："花朵图案的围裙真好看。"但我很快意识到现在不是想这些的时候，摇头排除杂念，扯着嗓子大喊："爱美莉死了！爱美莉死了！"

还有比这更糟糕的说法吗？糟糕到阿姨还以为我在开玩笑呢。她看着我，轻轻叹了口气，然后双手叉腰，朝敞开的门外说道："爱美莉，妈妈知道你就躲在那儿。别瞎闹了，赶紧出来，不然不让你吃晚饭了啊。"

但爱美莉怎么可能出来呢？

"爱美莉！"

阿姨再次朝门外大声喊她的名字。然而公寓里的人大多回家探亲了，四周鸦雀无声。

阿姨看向我，面无表情。三秒，五秒，十秒……不，可能也就一瞬间吧。

"爱美莉在哪儿？"阿姨嗓音嘶哑，喉咙深处好像都干透了。

"小学的游泳池。"我的声音也是哑的。

"为什么偏偏是爱美莉啊？！"

阿姨的嘶吼穿透我的脑壳，我的身体似乎也被掀飞了。原来是阿姨用双手推开我冲了出去。我的脸狠狠撞在墙上，身体顺势朝前滚去。"咚！"只听见一声闷响，我的额头一阵剧痛。"帕特农神庙"[1]塌了。

可能是因为撞到了脸,搞得我都出鼻血了。额头在痛,还流着鼻血……我还以为自己撞破了头,是头在流血。溢出的鲜血顺着下巴和脖子淌了下来。我要死了,救命啊……我猛低下疼痛不止的头,胸口被染成一片血红的上衣跃入眼帘。

衣服……衣服……我心爱的衣服……哇啊啊啊……我仿佛要被一片漆黑、深不见底的洞给吸进去了。就在这时……

"晶晶!"

强有力的声音在我的耳边响起。千钧一发之际,是哥哥把我拽出了黑洞。

"哥哥!哥哥!哥哥!"

我紧紧抱着哥哥,号啕大哭。

妈妈让我们六点前回家,因为表哥要带人回来。当时哥哥正从朋友家往回走,却看见我一路狂奔,去的还不是回家的方向。代表六点到了的《绿袖子》都响了,于是他到处找我,想叫我回家。就在这时,他看到阿姨披头散发地冲出公寓,觉得肯定是出事了,就找了过来。

哥哥问管理员大叔借了湿毛巾和纸巾,帮我擦鼻血。

"我会不会死啊?"我战战兢兢地问道。

---

1 指爱美莉家门边的白色大陶壶,下文也多次提到。——编者注

哥哥却笑着说："出鼻血死不了人。"

"可我的头一抽一抽地疼。"

"哦，额头是破了个口子，但没怎么出血，不要紧的。"

哥哥这么一说，我才敢站起来。他看着崩塌的"帕特农神庙"，问我出了什么事。我说爱美莉死在了游泳池。他露出惊讶的表情，但还是温柔地牵住我的手说："先回家吧。"

走下坡时，我无意间抬头一看，发现天空也是血红一片。

伤疤？如你所见，没留疤。

哥哥给我的伤口消了毒，还帮我贴了创可贴。

看到哥哥牵着浑身是血的我回来，妈妈吓得尖叫起来。可一听说出事了，她就撂下我冲了出去，说要"去学校看看"。因为我妈妈动不动就慌得六神无主。后来她告诉我，我明明就站在她跟前，她当时却以为我死在了学校。

虽然伤口有些刺痛，但血都止住了，划得也不深，我就没去医院。

可是都过去十五年了，碰上下雨天或湿度高的日子，还有想起案子的时候，我的额头都会疼起来，疼着疼着，那痛感还会蔓延到整个脑袋。今天也下着雨，又说了那么多跟案子有关的事情，感觉已经有点儿苗头了。

啊啊，真是的，早就疼起来了。

案子就说到这儿吧？凶手的长相？天哪，饶了我吧！

我们四个都说"不记得凶手长什么样了"。

可实话告诉你，别说是长相了，凶手的其他特征我也记不太清。也不能说是"记不太清"吧，我刚才也说了，每次试着回忆当年的情况，尤其是涉及核心的事情，我都会头痛欲裂。真的，痛得根本没法忍。有一次，我咬紧牙关想把所有的事情都回忆起来，好不容易才依稀想起凶手的身形，可那个时候已经疼得受不了了，觉得继续想下去就回不到正常的精神状态了，最后只能作罢。

你是不是在纳闷儿，我为什么不在警察问话的时候就说清楚呢？

我当时还贴着创可贴呢，要是说自己头疼，警察和其他人不就知道阿姨推了我一把吗？我不好意思啊。

警察问过好几次话，但每次问的都差不多，所以我第一次是顺着其他三个人的话说的，第二次往后就照搬别人的回答，假装我也有同样的记忆。真纪讲述的时候时常穿插英语单词，绿色（green）和灰色（grey）很容易搞混，我都搞不清凶手的工作服到底是灰的还是绿的了，但大家应该都没听出来。

我没跟人详细提过刚出事时在爱美莉家发生的事情。反正也没人追问。我甚至没告诉过哥哥爱美莉的妈妈推过我一把。要是阿姨因为这个被人怪罪，那多可怜啊！听说自己的孩子死了，谁能不慌呢？受伤是我自己不好，谁让我杵在门口挡了路呢。所以有人问起头上的伤时，我都说是"自己慌得摔了一跤"。毕竟我受伤的时候刚见过尸体，大家都没怀疑。

再说了，我受点儿伤算什么呀，塌了座"帕特农神庙"的损失要大上好几万倍呢。——哦，我之前都没想到，搞不好头痛就是因为"帕特农神庙"的碎片还留在额头里。就是有那么痛。可都过去这么久了，也拿不出来了吧。即便我当时就发现有陶器的碎片没弄干净，大概也不会去医院的。

狗熊怎么会去医院看病呢？哦，对了，还有兽医站。但狗熊又不可能自己跑去看病嘛。

狗熊都知道该怎么过狗熊的日子。就我拎不清。

"你是什么样的人，就得过什么样的日子。"

从我记事起，爷爷就总把这句话挂在嘴边。

"别以为人人都是平等的，因为每个人的起点都不一样。穷人不能摆阔，傻瓜也不能装懂。穷人就该在简朴的生活中追求幸福，傻瓜努力做好力所能及的事情就足够了。人在做，天在看。痴心妄想绝不会有好下场，否则迟早要遭报应的。"

平时说到这儿就结束了，可我上小学三年级的某一天，爷爷补充了一句："所以啊，晶子，长得不好看也没关系，不用放在心上。"

没想到吧？这都哪儿跟哪儿啊？爷爷大概是想安慰我，可你就不觉得这么说反而很伤人吗？再说了，我的体格是壮实了一点儿，可我从不觉得自己的脸有多难看。我虽然学习成绩不好，但很有运动细胞啊。周围的孩子也都半斤八两，我从来都没有过"世界很不公平"的感觉。所以爷爷每次说起，我都是左耳进，右耳出，只觉得他又开始啰唆了。

但爱美莉搬来以后，我好像才真正听懂了爷爷的那番话。她长得漂亮，身材也好，脑子聪明，有运动细胞，人也机灵，家里还有钱。确实不公平。跟爱美莉一对比，只会觉得自己好惨好惨。但只要破罐子破摔，告诉自己"我们的起点本就不一样"，心里就舒服多了。她是她，我是我。天知道其他女生是怎么看她的，反正我从一开始就当她是其他世界的人，也很喜欢那样的她。

但那天的我不一样。我穿着让爱美莉羡慕的名牌漂亮衣服，因为她妈妈跟我妈妈说过一样的话而欢喜，还想跟她成为更要好的朋友。

都怪我痴心妄想，所以才遭了报应。

那件"红粉小屋"的上衣送去洗了，但还是留下了褐色的血迹，没法再穿出门了，这就是最好的证据。也许它本可以被可爱的女生穿在身上，细心呵护，都怪狗熊不知天高地厚地穿了它，害得它才一天的工夫就脏得一塌糊涂，再也不能穿了，好可怜啊……我特别过意不去，紧紧抱着它，哭着跟它道歉。对不起，对不起……

还有爱美莉，对不起，对不起，对不起……

都怪我这只狗熊妄想跟她做朋友，才害得她丢了性命啊。

后来过得怎么样？痴心妄想是不会有好下场的。爱美莉被人害死都是我的错，我总觉得自己不可以像原先那样上学，也不可以和朋友们一起玩，一起吃零食，说说笑笑，过和出事前一样的生活。

只要我出了门，跟别人打了交道，好像就会给人家添麻烦。哪怕不跟人打交道，只要我出了自家的门，搞不好都会给碰巧在场的人惹祸。

就算去了学校，我也担心自己动一下，就会把人撞倒摔伤。所以课间休息的时候，我也乖乖坐在自己的位置上，只在上厕所的时候起来。

早上一睁眼就肚子疼、全身无力的情况越来越多了，我开始时常请假。

四年级的时候，父母和老师都没说什么，毕竟刚遇到过那种事，休息几天也无可厚非。但到了五年级，所有人都摆出了"你也该放下了"的态度。尽管案子就发生在我们镇上，但对那些无关的人来说，半年一过，那就是"过去"的事了。

只有哥哥一直在鼓励我。

"晶晶，哥哥知道你大概是不敢出去，但哥哥会保护你的，你也要加把劲啊！"

早上出门的时候，哥哥总是先绕路送我去小学，再去中学。他还让我好好锻炼，这样万一碰到了坏人也不怕。他用仓库里闲置的农具给我做了套举重杠铃似的东西，陪我一起练。

上学会让我产生负罪感，但锻炼的时候不会。因为狗熊就该是身强力壮的，说不定有朝一日能帮爱美莉报仇呢，于是我练得特别投入。

日子一天天过去，爱美莉的爸爸妈妈要回东京了。我们四个遭遇案件的人被请去了爱美莉家，最后一次讲述当天的经过。

爱美莉家的玄关一切照旧，唯独少了"帕特农神庙"。一进门，我的额头就开始抽痛，所幸大部分时间都是真纪在讲，我咬牙扛住了。谁知听着听着，爱美莉的妈妈说了这么一句话。

在时效届满之前，给我找出那个凶手。找不

到，就用我满意的方式赎罪。都做不到，我就报复
在你们身上。

我觉得很对不起她们三个，毕竟爱美莉被人害死是我
的错。其实我早就料到阿姨会记恨了，所以听到"报复"这
两个字时，我也不是很害怕，反而纳闷儿她之前怎么都没提
过。那天的事情几乎都想不起来了，找凶手恐怕很难，所以
我选了赎罪。

怎么赎罪？绝不痴心妄想。出事以后，我每天都在提醒
自己。而在那一天，我再一次暗暗发誓。

到头来，我还是没上高中。爸妈劝了又劝，说："好歹得
有高中文凭吧。"但我没有信心。就算考上了，大概也坚持
不了三年。

多亏哥哥说服了他们。

高中本来就不是义务教育。如果晶晶不是不想学，只是
不肯出门的话，她完全可以通过函授课程获得高中同等学力
资格，考大学也不成问题。我会加倍努力的，让晶晶按自己
的节奏慢慢来吧。

哥哥说到做到。从本地的一所国立大学毕业后，他考了
公务员，进了镇政府的福利课，在工作上有口皆碑，更是街

坊们公认的大孝子，爸妈别提有多高兴了。

哥哥是真的很会照顾人。而他找的对象也有些难言之隐。

"千万别被坏男人骗了，大着肚子哭哭啼啼地回来啊！"

据说女儿去大城市上学或工作时，父母和亲戚都会这么叮嘱一番。我嫂子春花姐就是典型的反面教材，把能踩的坑都踩了一遍。

她原本在东京的一家印刷公司工作，但公司很小，她的工资又低，每天省吃俭用也只够勉强糊口。为了让手头宽裕一点儿，她开始在夜店兼职陪酒，结果被一个黑帮小喽啰缠上了，没领证就怀了身孕，只能辞掉工作，生下孩子，靠陪酒艰难度日。那个小喽啰却另结新欢，杳无音信，还背着她欠了不少高利贷。放高利贷的人威胁她说，下个月之前不还钱，就把她做成水泥墩子扔进东京湾。她好不容易才捡回一条命，逃回了老家。

春花姐回来还不到一个月，这种天知道有几分可信的流言蜚语就满天飞了。连我这个几乎不出门的人都听说了。

来家里做客的邻家阿姨跟我妈妈聊起了这件事，而我就像跟她们闲话家常的朋友似的，坐在一边听着。她用熟知内幕的口吻聊着八卦，神情却也有些难以置信："真没想到，那孩子居然……"我也不敢相信。

不过春花姐家里好像是卖掉了一些农田和山林，也不知道是不是为了还债，她也确实带着个孩子。

可大家还是不敢相信，这大概跟她给人的印象有点儿关系吧。虽说是反面教材，但这样的经历在我们镇也算得上传奇了。不认识春花姐的人肯定会很好奇，她得长得多漂亮才能碰上这种事啊？但春花姐长得普普通通，乖巧老实，怎么都称不上美女。

她和我哥哥是同学，两家离得也不远，所以我从小就认识她。我一直都没见着从城里回来的她，原以为是她在东京变洋气了呢。在听说传言的三个月后，哥哥带她回了家。除了与年岁相符的成长，她一点儿都没变。

那是去年盂兰盆节，八月十四日的事情。

自从爷爷奶奶在十年前相继去世，亲戚们就不来我家聚会了。但那一天，在国外工作了五年的表哥诚司，就是洋子姑姑的儿子说好要带表嫂回来过夜，于是我和妈妈准备了寿喜烧和寿司，跟爸爸一起等着。就在这时，一早就出了门的哥哥打来电话，说机会难得，想把自己的女朋友也带回来。

我都不知道哥哥交了女朋友。妈妈也是措手不及，顿时就慌了，一会儿念叨"要不要换身衣服啊"，一会儿又嚷嚷"要不要去买个蛋糕啊"。就在这个节骨眼儿上，表哥表嫂到了。我们只能先把哥哥的事情放一放，专心招待东京来的客人。

诚司哥是八年前结的婚，婚礼是在东京办的，只有我爸妈去了，所以我本以为自己是第一次见表嫂美里。

"难得你一片孝心，外公外婆都不在了，还特意回老家来……"妈妈如此感叹。诚司哥有些难为情地说："倒也不光是为了扫墓，我们在这里也有很多回忆的……"

他说，要不是出了那起案子，他跟表嫂说不定就不会在一起了，所以才想一起回来看看。只不过这话说出来总归是不大合适的，他之前也从没提起过。

他提到的案子，就是爱美莉遭遇的凶杀案。

出事那年，诚司哥在东京念大三。美里姐在另一所女子大学上大一，跟他同属一个网球俱乐部。他早就动了心，无奈竞争对手太多，他又迟迟放不下贴心学长的身段。谁知某天内部聚餐时，大家聊起了盂兰盆节回老家的事情。诚司哥吹嘘道："我老家啥也没有，但空气是全日本最干净的！"结果美里姐说："真想去看看呀！"她说她父母都是东京人，所以一直都很向往"回老家"。诚司哥借着酒劲问："要不跟我一起回去？"她居然微微一笑，点头答应了。

诚司哥为人也很正派，很会照顾人，大概是家族遗传吧。好不容易有机会跟心仪的女生单独在外过夜，他却一本正经地计划在我们家吃晚饭，在我们家住一晚，然后直接回东京去。而且他还准备自己睡我哥哥房里，让美里姐跟我挤一挤。我这种没什么恋爱经验的人听了都大吃一惊呢。

那天六点不到，他们就到了镇上的车站，走到我家的时候刚过六点，然后放下行李，稍微休息了一会儿。我妈妈心想，客人都来了，是时候开火了，可孩子们还不回来，这是上哪儿瞎逛了啊……牢骚快到嘴边的时候，哥哥牵着我回了家。我都没注意到表哥他们来了。

后来妈妈慌得冲了出去，八卦的亲戚大叔嚷嚷着想去凑个热闹，警车的警笛声在外头响个不停……我们家就不用说了，全镇上下都是鸡飞狗跳的，特别是西区。

我们家当然也顾不上招待客人了。美里姐说她不介意，但洋子姑姑还是订了邻镇的旅馆，于是她就跟诚司哥一起住过去了。邻镇也不大，但有温泉，所以盂兰盆节期间是很热闹的，只有一间空房了。

美里姐也没想到会在第一次去的乡下小镇遇上凶杀案，心里怕得不行，好在诚司哥说"我会保护你的"，让她很有安全感，据说他们就是这样确定了关系。但我觉得吧，就算镇上没出事，他们也会在一起的。你想啊，美里姐再想体验"回老家"的感觉，镇上的空气再好，她也不会愿意跟一个不喜欢的人回他的亲戚家吧？不过嘛，凶杀案的发生确实推了他们一把。

一眨眼，都过去十四年了。也不知道为什么，他们没有孩子。但我还挺羡慕的，因为他们都结婚八年了，却还和热恋的小情侣一样。

妈妈看着恩爱的表哥表嫂，喜滋滋地说："今天幸司也要带女朋友回来呢。"哥哥是妈妈的骄傲。一想到宝贝儿子要带女朋友回来了，她的心情肯定是很复杂的。不过看到表哥表嫂过得那么开心，她应该也盼着哥哥早日建立自己的幸福小家吧。

诚司哥和美里姐也说："不知道他找了个什么样的，好期待呀。"就在大家七嘴八舌讨论的时候，哥哥带着春花姐和若叶回来了。

若叶是春花姐的女儿，当时上小学二年级。

妈妈用还算热情的态度把春花姐和若叶迎进客厅，然后立刻把我拽去厨房问道："就……就……就是她吧？"她是想问，"哥哥带回来的就是传说中的春花吧"。我也彻底吃了一惊，可是看到妈妈慌得在厨房里直打转，我反而先冷静了下来。

"嗯，就是她。但他们本来就是老同学，也许只是走得比较近呢！妈，你也不用慌成这样吧，多没礼貌呀！"

说着，我推了推妈妈的背，捧着满怀的啤酒和一瓶橙汁回到了客厅。

毕竟有表哥表嫂在，餐桌上的气氛还算和谐，就是爸爸喝得有点儿猛。春花姐拘谨地坐着，像是躲在哥哥高大的身躯后面，全程都没怎么夹菜，但一直在细心照顾周围的人，一会儿倒啤酒，一会儿夹寿司，一会儿收拾空盘子。

换成我张罗这些事，大家肯定会嫌我笨手笨脚，说"行了，行了，一边去吧"。可春花姐做得很自然，不留心观察都不会注意到。她身上的连衣裙应该是出门见人用的衣服，但看着很廉价，像是在邻镇的超市买的。不过我总穿棕色的运动套装，也没资格说人家就是了。

反正她看起来就像一个从没离开过小镇的人，直教我怀疑那些闲言碎语都是胡说八道。

妈妈起初还绷着脸做寿喜烧，一句话也不说。但她后来给若叶打了个鸡蛋，若叶笑着说了声"谢谢"。她顿时就眉开眼笑，给若叶盛了好多肉。爸爸也起劲了，说："爷爷会单手打鸡蛋哦！"还莫名其妙地往空碗里打了个蛋，逗得若叶欢呼叫好。见状，爸爸居然还叫我去便利店买个冰激凌回来。

三年前，小学附近开了镇上唯一的便利店。诚司哥说他正好要买烟，于是我们就一起去了。

"幸司真要跟那个人结婚吗？"诚司哥在半路上说道。

"不能吧……"

"我也觉得。人是不错，但还是算了吧。"

我特别纳闷儿，诚司哥并不了解春花姐的过去，怎么会下这种定论呢？如果只认得眼前的春花姐，我肯定会举双手欢迎的。所以这是为什么呢？我正要追问原因时，却听见诚司哥一声惊呼："天哪！这停车场也太大了吧！几乎是店面的三倍呢！"

我不明白这有什么了不起的，也不懂他在嚷嚷什么。城里人就是不一样，说的话都那么高深莫测……我一边这么想着，一边跟他走进便利店。

看到店里挤满了镇里人，诚司哥感叹道："这大概是镇上人气最旺的地方吧。"我们买了冰激凌、下酒零食、香烟和工薪族看的那种周刊杂志，然后原路返回。

诚司哥没再提哥哥的事情。回家路上都聊了什么来着……还记得诚司哥抽着烟，默默走了一会儿。对了，他冷不丁地问起了那起案子。但好像也没问什么要紧的，因为我没有额头抽痛的记忆。他应该是这么问的……

"晶晶，凶手就是夏日祭晚上偷娃娃的那个变态吧？"

我就回了一句"是啊"。

我们家本来就没有洋娃娃，摆在客厅里的是北海道的狗熊木雕。要不是他提起，我都不记得镇上有些人家丢过洋娃娃。

晚饭圆满结束，气氛也比预想的要和睦，所以哥哥大概是误会了。第二天早上，大家吃过早饭，喝着咖啡，正说着要不要跟诚司哥他们一起去邻镇泡温泉。就在这时，哥哥突然抛出一颗重磅炸弹。

"爸，妈，我要和春花结婚。"

他不是在征求家里的意思，说得斩钉截铁。

"别胡说！"妈妈喊道。她顿时就慌了，一会儿无缘无故站起来，一会儿莫名其妙坐下去，还大声嚷嚷起来。

"娶那样的人回来可怎么得了？有的是更好的给你挑！山形家的姑娘是你的校友，在足立制作所的研究室工作。川野家的姑娘是音乐学院毕业的钢琴老师。她们可都看上你了，你怎么偏偏要娶那种女人呢？"

容我稍微订正一下，看上哥哥的大概不是女生本人，而是她们的父母。在我家八卦春花姐的阿姨也是来给哥哥介绍相亲对象的。当时哥哥还说"我不打算在三十岁之前结婚"呢。

"我们就你这一个指望了！别被一时的激情冲昏了头脑，再好好想想！"

爸爸也吼了一嗓子。言外之意，我要不是这副样子，他就不会反对了。这让我有点儿难过，更觉得对不起哥哥。哥哥一直都在保护我，他的婚事却因为我遭到了反对。我虽然也有点儿介意春花姐的过去，但又觉得报恩的好机会来了。

"春花姐也没有那么坏吧。我会给你们养老的，就让哥哥……"

"闭嘴！瞎说什么！这种时候轮不到你一个'家里蹲'插嘴！我们对你没有任何期望，只要你不给别人添麻烦就够了！"

这话是妈妈说的。道理是没错，可他们从没这么直截了当地说过我。见到好久没来的客人，我兴奋过了头，忘记了自己是一只狗熊。这番话点醒了我。妈妈一会儿说"诚司，你也劝劝他呀！"，一会儿说"美里肯定能看出来她不是正经人"，还跟他们讲起了春花姐的八卦。

我心想，也不用当着哥哥的面说吧……没想到哥哥从头到尾都没反驳。诚司哥问他："真是这样吗，幸司？"他也默默点头，然后说道："春花是个可怜人。山形小姐和川野小姐跟谁在一起都会很幸福的，但能给春花幸福的就只有我了。如果你们坚持反对，我就带着春花和若叶搬到外地去。"

哥哥的声音很平静，却也铿锵有力。他跟春花姐是在镇政府的办事窗口重逢的。春花姐来申请单亲家庭的补助，在窗口接待她的恰好是哥哥。哥哥本就是个热心肠，据我猜测，他起初只是站在福利课职员的立场上伸出援手，再加上老同学的情分，对春花姐多有关照，后来才渐渐产生了"作为一个男人帮助她，保护她"的想法吧。

爸爸僵在原处，一声不吭。妈妈的嘴巴一张一合，就跟缺氧的金鱼似的。诚司哥和美里姐默默看着哥哥。而我……我心不在焉地想着，哥哥跟春花姐的婚事算是定下来了。正看着大家的时候，哥哥的大手落在我的头上："晶晶，谢谢你帮哥哥撑腰。"

说着，他慢慢摸过我的头。我的泪水夺眶而出。这大概是我在凶案发生后第一次掉眼泪。

哥哥和春花姐在九月初领了证。婚礼是在附近的庙里办的，只请了家里人，乍看像是在做法事，只不过大家打扮得比较漂亮罢了。但春花姐和哥哥都是一脸的幸福。起初，镇上的人都在议论"幸司怎么偏偏找了她啊"，但春花姐的父母都是正经人，她自己也很老实本分，彬彬有礼，所以他们渐渐得到了大家的祝福。哥哥的口碑也比以前更好了，成了大家交口称赞的"好男人"。

哥哥说"以后建栋二世代住宅[1]一起住"，跟春花姐在离家大约十分钟路程的双层公寓租了一套房子。公寓不是很高，但外观很时尚，有点儿像足立制作所的员工公寓。

1　日本的一种住宅样式，这类住宅既能让父母和子女同住，又能让双方都有相对独立的生活空间。

哥哥他们一领证，我爸妈的态度就一百八十度大转弯了。乱糟糟的家里多了个可爱又亲人的小姑娘，他们肯定也高兴坏了，一会儿说"家里有葡萄"，一会儿说"来吃苹果吧"，找各种无聊的借口让若叶过来，带她去便利店买零食和果汁。

若叶也很亲我。某天来我家时，她看起来特别沮丧，于是我就问"怎么啦？"，她说"我不会跳绳"。"跳绳"，都多少年没听过这个词了。我说："要不在我们家院子里练练？"她就兴高采烈地跑回了自己家，拿来一条粉红色的绳子。大概是绳子买回家以后没调节过长度，对她来说太长了。机会难得，我决定在剪短之前给她示范一下。

前摇跳、踩水车、交叉跳、双飞、双重交叉跳……毕竟有十多年的空白，刚开始腿都打结，但我跳上五分钟就找回了当年的感觉。你问我喘不喘？开玩笑，我每天的大部分时间都用在了锻炼上，怎么会喘呢？

"晶晶好厉害！"

若叶兴奋得哇哇叫。我看起来明明很沉，跳起绳来却灵巧得很，她大概是觉得很有意思吧。自那天起，若叶几乎每天放学都会来我家和我一起练跳绳。我也去便利店买了条一样的绳子，好给她示范。

加油，加油，就差一点儿了。咱们若叶肯定行——我总是这么鼓励她。

若叶总是练到天黑。妈妈每天都会做些小朋友爱吃的小菜，问她要不要吃了晚饭再走，但若叶从没坐下来跟我们一起吃过。她倒是很愿意的，嚷嚷着："太好啦，能跟大家一起吃饭啦！"可春花姐总会接她回去。

妈妈也让春花姐留下一起吃，换来的却总是婉拒。明知她们不会留下，妈妈却还是会做些肉扒、炸虾什么的，眼睁睁看着我和爸爸愣头呆脑地吃完。不过她没有一句怨言，这大概是因为春花姐拒绝得很巧妙吧。

"我们要等幸司回来一起吃。若叶可喜欢爸爸了。"

只要搬出哥哥，妈妈就不好再说什么了。而且春花姐常请爸妈和我去他们家吃晚饭。娘家明明就在附近，她却时不时请婆家人到家里吃饭，还不是专挑有人过生日的日子，我真心觉得她是个好媳妇。

吃饭的时候，哥哥开心地喝着啤酒，聊起小学搞活动时跟若叶一起割稻子的事情，看着可幸福了。唯独一件事让我百思不得其解——摆在餐桌上的，都是些孩子爱吃的东西。我们家的餐桌一直都是以传统日本菜为主的。倒不是因为原来跟爷爷奶奶同住，而是因为全家的口味都比较清淡，哥哥当然也不例外。

好歹做一两道合哥哥口味的呢。这些大概都是若叶爱吃的吧。当时我还以为，春花姐搞不好是被我妈每晚做的菜带偏了，误以为我们家的人都是小朋友的口味呢。

"若叶，周末到我们这儿来住吧。偶尔也得让爸爸妈妈过过二人世界呀，他们才刚结婚呢。再说了，若叶也想要个弟弟妹妹的吧？"

妈妈倒是不太介意菜式的问题，吃着咖喱味的炸鸡说道。若叶确实招人疼，但她还是想尽快抱上亲孙子吧。

"当着孩子的面，说这些干什么！"

哥哥如此责备妈妈，但他不像是动了气的样子。有事回家的时候，他也翻出了小时候用过的棒球手套，说想要个男孩。可是……

"那怎么行啊，若叶睡相太差了，是不是呀？"春花姐一脸的为难。若叶也半开玩笑道："说不定我睡着睡着，会抬脚踹晶晶的肚子呢！"大家哈哈大笑。可到头来，若叶还是没来我家过夜。

后来，若叶升上了三年级。学会跳绳之后，她也经常来我们家。这回是为了练卷身上杠。因为我们家也没有单杠可用，所以我们会去附近的公园。你问我会不会卷身上杠？当然会啦。我能连做好几下，不用助跑都能伸直双腿直接翻上去呢。毕竟是当年特训过的。

又过了一阵子，五月的长假刚结束，我就收到了一份惊喜。

春花姐送了双漂亮的鞋子给我。放假的时候，她跟哥哥带着若叶去了城里的百货店给我买了双旅游鞋，说是为了感谢我平日里对若叶的照顾。

鞋子不是运动品牌出的，而是来自某女装品牌，用粉色和米色的皮革拼接而成的，比我脚上那双在超市买的帆布鞋好看多了。

春花姐还送了我一条牛仔裤，说："你要是不介意，就穿上试试吧。"她说牛仔裤是她之前买的，但她臀部比较丰满，不适合穿牛仔裤，所以没怎么穿过。我心想，春花姐那么苗条，我怎么可能穿得上她的裤子呢？

她却说："你的肩膀是宽了些，上半身也很结实，但我一直都觉得你的腿很细呀，可好看了。臀部也很紧实，总穿松松垮垮的裤子多可惜呀！对不起，别怪我多管闲事啊，我就是太羡慕了。"

我都没仔细看过自己的腿，更别说是跟人比了。可人家都送来了……我就脱下棕色运动裤，穿上牛仔裤试了试，发现大小正合适。裤腿稍微短了一点儿，但这样反而和可爱的鞋子更搭了。

妈妈带着若叶从便利店回来，见我打扮成那样都吓了一跳。"对了……"春花姐又翻出一件黑色的硬石餐厅[1]T恤，说是很久以前邻居度蜜月回来送给她的，但她不好意思穿。我换上以后，若叶拍着手夸我说："晶晶好酷哦！"

衣服一换，用皮筋扎着的一头茅草就显得格格不入了。春花姐给我推荐了一家邻镇的美发厅，说她有个朋友在那里上班。若叶正好也要修一下发梢，于是我们就一起去了。我平时都是去剃头店的，还是头一回去美发厅。那也是我第一次跟若叶单独坐电车出门。

我不太懂美发师说的"让发梢带点儿空气感"是什么意思，反正最后剪了个轻薄的短发，还修了眉毛。哥哥给了些零花钱，让我们去吃点儿好的，于是我决定带若叶去车站跟前的咖啡厅吃个蛋糕再回去。

上桌的水果挱缀满了叫不出名字的莓果。吃着吃着，我却发现若叶正盯着我看。

"晶晶好帅哦！妈妈先前还念叨我要是个男孩就好了，可晶晶比我更适合当男生呢。"

"啊？你妈妈说过那种话呀？可我要是个男生，就跟哥哥——你爸爸一模一样啦。"

"哦……"

---

1 享誉盛名的摇滚主题餐厅，以地道的美国菜和乐坛明星纪念品著称。

"喜欢爸爸吗？"

"嗯，我最喜欢爸爸了。他陪我参加学校的插秧活动，平时还教我做功课，对我可好了。前些天半夜里，我睡糊涂了，踢了他一脚，他都没发火呢。"

"啊？你们睡在一起吗？"

"嗯，我睡中间，爸爸妈妈睡两边。妈妈说，相亲相爱的一家人就该这么睡。"

若叶美滋滋地说道。我还以为她是单独睡一间的呢，不过她毕竟才上小学三年级，还小着呢。而且我上四年级之前也是和哥哥睡在一起的，不觉得这样有什么问题。

六月中旬，春花姐的妈妈在干农活儿的时候晕倒了，要在城里的大学附属医院住一段时间。春花姐是独生女，自然是要照顾母亲的，我们便帮着照看若叶。

但若叶从不在我们家过夜。坐电车去医院单程就要两个小时，所以妈妈劝春花姐，干脆让若叶住在我们家，这样你就能住在医院了。但她非要来回跑。

说是不想跟哥哥和若叶分开。

妈妈私底下跟我说，春花姐搞不好是有什么心理问题。大概是在东京被黑帮混混折磨惨了，好不容易过上了好日子，心里也是战战兢兢的，生怕稍不留神，幸福就溜走了。

我还挺佩服妈妈的，亏她能想到。结果她告诉我，韩剧里就有类似的情节。难怪啊。我们决定尽量配合春花姐，让她放一百个心。

若叶过上了放学后直接来我们家的日子。她做完作业，像往常一样练会儿单杠和投球，跟下班回来的哥哥一起在家里吃晚饭，洗漱完毕再跟哥哥回公寓。

妈妈为若叶做了不少小朋友爱吃的菜，若叶却大口大口吃起了放在餐桌中央、用大碗装着的筑前煮[1]，不停地说"真好吃"。妈妈高兴坏了，后面几天都做了一桌她最擅长的日本菜。若叶居然说她从没吃过土豆炖肉呢。

我本以为是春花姐厨艺不精，可她请我们去家里吃饭的时候，桌上的西餐都是她精心烹制的，味道也很好，于是我便想，可能人家就是爱吃西餐吧。

爸爸每天都给若叶买好多零食，是那种典型的溺爱孙辈的爷爷。被哥哥说了一次以后，他就给若叶买了辆独轮车。因为从第二学期开始，体育课就要学这个了。

我也会辅导若叶做作业。算术还能勉强应付，汉字却是一点儿都想不起来了，没少在孩子面前丢人。做完作业，我们就一起练独轮车，然后一起泡澡。

---

1 传统日式家常菜，用鸡肉和蔬菜加糖、酱油等炖煮而成，起源于筑前地区，因此得名。

我也没学过独轮车，所以我们天天去公园叽叽喳喳地练习，玩到天黑才回去。照理说，若叶是"跟我没有血缘关系的侄女"，但她其实是我唯一的朋友。

那段时间，我们全家都兴奋得忘乎所以。

养成跟若叶一起泡澡的习惯后，过了两个星期，也就是七月初的时候，我注意到她身上有伤。见她的腰部又红又肿，我忙问："这是怎么了？"若叶低着头说："不知道。"过了一会儿，她又说："大概是练独轮车的时候碰到了吧。"

我自己的膝盖上也有类似的瘀伤，所以完全没起疑心。

一个星期后，在临近暑假的一天夜里，我才搞清那孩子的瘀伤是怎么来的。

当时镇上的人都在讨论纱英杀害丈夫、真纪惹上大麻烦的新闻。这座镇子肯定是被诅咒了。都十五年没有媒体来采访过了。哎，她俩不是凶案发生前跟被害者一起玩的孩子吗？凶手到现在还没抓到，到底是怎么回事啊？大家大概都慢慢想起了当年的事情。

据说还有人打电话去镇政府，建议他们赶在时效届满前联系电视台搞一场公开调查。吃晚饭的时候，哥哥都忍不住抱怨了两句："他们当镇政府吃饱了撑的啊？那两个姑娘都不住在一个地方，只是碰巧吧。我们晶晶不是过得挺好的吗？

瞎操什么心……"

但他又柔声叮嘱坐在身旁的若叶:"有陌生人过来搭话,千万别跟着走啊。"爸爸妈妈也说,若叶长得可爱,要格外当心。他们根本没把我放在眼里,就知道担心若叶。倒也不是因为这个吧,反正我到头来也没敢告诉任何人,自己收到了爱美莉的妈妈寄来的两封信。

可收到信以后,我的额头一直在痛。

信里写了什么?太吓人了,我怎么敢看啊,连信封都没拆。信是时效快到期的时候接连寄来的,肯定是催我再回忆回忆那天的事情。你想看就看吧,都放在我房间的书桌抽屉里。

说起那张书桌……那晚若叶跟哥哥走了好一会儿,我才发现她的习题卷和家门的钥匙都落在了我的书桌上。

若叶早上都是直接去上学的,不会路过我们家。所以外面虽然下着小雨,我还是决定赶紧给她送去。那应该是十点左右吧。听说春花姐每天晚上十一点左右才到家,本想着要是若叶睡着了,就交给哥哥的。

哥哥他们租的房子是一楼最靠里那套。我本可以走去前门按门铃的,却偏偏抄近路,走了公寓后面的停车场。走到半路,我看见他们家朝外的厨房亮着灯,窗户也开了一条缝,就想在窗口喊一声,好把东西递进去。

可透过缝隙往里看，厨房里不像是有人的样子。我正想绕去前门，微弱的喊声从里间传来。

"救命！"

怎么回事？是不是谁身体不舒服啊？我正要透过窗缝问"没事吧"，却听到了另一个人的声音。

"别怕，这不是越来越舒服了吗？只有经过这道仪式，我们才能成为真正的父女。亲密的父女都是这样的。"

额头的抽痛变成几乎要扯碎脑壳的剧痛，猛然蔓延到整个头部。我无法理解那里发生了什么，只觉得恶心……对了，发现爱美莉的尸体时也是一样的感觉。我就不该打开那扇门的——当年的后悔涌上心头。

我转身背对窗户，想在头痛加剧之前悄悄回家。就在这时，又一声"救命"传了过来。还有另一个人的声音。

"平时不是挺乖的吗，今天怎么了？你在跟谁喊救命呢？明明是我救了你啊。"

她是在向我呼救啊，怎么办……就在我吓得紧紧闭上眼睛时，脑海深处响起了声音。

加油，加油，就差一点儿了。咱们晶晶肯定行！

对啊，我得加油啊。每天锻炼身体，不就是为了这一刻吗？

我睁开眼睛，调整呼吸，用若叶忘拿的钥匙从前门溜了进去。我蹑手蹑脚地走向传出声响的房间，猛地推开门——

房里有头熊。

来自厨房的微光照进昏暗的房里。我看到一头熊正压在一丝不挂的女孩身上。我站在原地没吭声，熊缓缓抬起了头。本以为自己会看到一张凶神恶煞的脸，没想到那熊长得慈眉善目。熊的身下，有一张女孩的脸——

是爱美莉。

爱美莉看着我，流着眼泪。

她出事了，但还活着。太好了，赶上了！原来凶手是熊啊。我得救她。得赶紧救她。不然她会被掐死的。

房间的角落里放着书包和绳子。熊还压在爱美莉身上，用下一秒就要哭出来的表情看着我。我拿起绳子，解开绳结，套在那头熊的脖子上，用力勒紧。熊像是吓了一跳，瞪大眼睛，稍微挣扎了几下。但我一使出全力，它就扑通一声倒在了爱美莉身上，不再动弹了。

与此同时，爱美莉的哭声响彻房间。

谢天谢地，爱美莉得救了。赶紧去通知阿姨，让她来接爱美莉。

我回头望去，爱美莉的妈妈就站在我眼前。

哦，阿姨肯定是太担心了，干脆过来接人了。

阿姨一声不吭，呆若木鸡地看着倒下的熊。我神气十足地对她说："好险哦，但我救了她。我可强壮了！"

阿姨肯定会向我道谢，然后温柔地抚摸我的头。总算可以摆脱头疼欲裂，仿佛脑壳里的东西都要被炸得粉碎的痛苦了……

我怀着这样的心思等她开口，传入耳中的却是另一句话。

"多管闲事……"

刹那间，好像有什么东西轰然倒塌。

但出事的是若叶。是若叶被熊袭击了。我杀了那头熊。这算犯罪吗？难道……

原来你想问的是这起案子啊？

早说呀。

听说若叶被送去福利院了。妈妈大概是韩剧看多了，说都是春花姐不好。她一点儿都不爱哥哥，却答应了哥哥的求婚。因为她要想重启支离破碎的人生，嫁给哥哥就是最轻松的法子。

不管怎么样，婚都结了，她本该履行妻子的职责，却连一根手指头都不让哥哥碰，大概也没打算生孩子吧。据说是被前男友家暴留下的后遗症。她从不在外面过夜，只做前男友爱吃的菜也都是后遗症导致的，症状可能还挺严重的。可她为什么不跟大家说开呢……

　　她偏偏选择了最残忍的方法。

　　想过平静安稳的日子，但又不想被男人（我哥哥）碰。于是，她决定奉上若叶。哥哥肯定也不想的。只要春花姐实话实说，他肯定能理解的。可春花姐把哥哥一点点逼上了绝路。若叶明明是她怀胎十月生下的亲骨肉，她却完全无视若叶的人格……搞不好春花姐都没有意识到自己有家暴后遗症。

　　皮肤白皙，五官棱角分明，四肢修长……若叶长得很漂亮，说是像极了混黑帮的亲爹。对春花姐而言，若叶可能只是她追求幸福的工具吧。

　　妈妈每次说起若叶都要掉眼泪。我们已经见不到她了，但她还活着。听说她去的福利院就在本县，说不定有朝一日能在哪里偶遇呢。

　　这就够了。对狗熊一家来说，这已经足够了。这事不怪春花姐。只怪我们一家忘记了爷爷的教诲，痴心妄想，所以遭了报应。如果狗熊没有自以为是，认定只有自己才能让一个不幸的人重获幸福，而是找一个健康又老实、最适合狗熊的对象结婚，就肯定能生下还算可爱的孩子。大家都使劲疼爱那个孩子不就好了吗？可爱的小女孩来到了狗熊的家，狗熊们却没有生出丝毫的疑问，得意忘形，所以谁都没察觉到事态的严重性。

　　哦，诚司哥应该察觉到了，所以才会说"还是算了吧"。

要是他当时能跟我说清楚就好了。

不过,错得最离谱的终究是我。

我早该明白的……我明明提醒了自己整整十五年,满脑子都只有这一个念头……却穿上了好看的鞋子,去了美发厅,吃了蛋糕,还跟可爱的女孩交了朋友。

要是被爱美莉的妈妈知道了,我铁定会被报复的。狗熊大概要吃枪子吧。她可有钱了,肯定有枪的。我倒是不怕,但能不能在死前做点儿有用的事呢……对了。

话说去年诚司哥来我们家住的时候,我半夜路过客房门口去上厕所,听见诚司哥在房间里对美里姐说:"记不记得十四年前刚到镇上车站的时候,有个男人跟你擦肩而过,你回过头去看了他好一阵子?我酸溜溜地问你是不是喜欢那种类型的,你却回答那人长得很像你的小学老师。你当时看到的是不是这个人啊?"

翻杂志的声响传来。片刻后,美里姐回答:"对。你这么一说我就想起来了,是有过这么回事呢。当时我还纳闷儿南条老师怎么跑这儿来了。因为我听说他出了什么事故,辞了工作,去了关西那边。这篇文章讲的是自由学校男生纵火的案子吧?错不了,就是南条老师。没想到他办了所学校。他一直都是位正义感很强的好老师。"

这能用作破案的线索吗?毕竟美里姐在案发当天撞见了

出乎意料的人呢。搞不好那个人就是凶手……哦，对了，洋娃娃失窃案。就是偷娃娃的变态害死了爱美莉吧。难怪从便利店回家的路上，诚司哥问了一嘴……

关西离我们镇子比东京还远，住在那边的人怎么可能专门跑来偷娃娃呢……

唉，没戏了。离时效届满只剩五天了。

对了，你真是心理咨询师吗？我越看越觉得，你长得很像爱美莉的妈妈呢……肯定是我的错觉吧。

对不起，我的头疼得快炸了似的，我可以回家了吗？好像还下着小雨。最好让家里人来接我一下，可我没有手机。你能不能帮我打个电话呀？手机号码得回家查了才知道，那就……麻烦你打去镇政府的福利课吧。

怀胎十月

宫缩还是二十分钟一次，都进不了待产室。不介意在这儿聊吧？深更半夜，综合医院候诊室里黑漆漆的，看着瘆得慌。不过这地方倒是很适合我们聊那起案子，不用担心被任何人打扰。还有自动售货机……话说你喝过罐装咖啡吗？

嗬，你居然爱喝？真没想到。

今晚除了我，已经有五个人的宫缩频率达到了十分钟一次。大概是太忙了吧，护士毫不掩饰地给了我一个不耐烦的表情，说："这么早来干吗……"我也没想这么早来，不过是去打声招呼而已，这也太没礼貌了吧？还以为生孩子是件更神圣、更值得被感激的事情呢。毕竟出生率下降在我们这儿也是个大问题。

不过话说回来，产检的时候明明没几个人，今天怎么就忙成这样了？我这辈子走到哪里都是"配角"，可也没想到生孩子的时候都跟流水线上的东西似的。肯定是运气太差了。

预产期明明还有一阵子，上周做检查的时候，医生还说"可能会晚几天"。难道是因为我一反常态，在晚上出了门，所以受到了月相的影响？常有人这么说呢。

预产期是八月十四日。

一年有三百六十五天，怎么偏偏轮到了那一天？差一天都好啊。但医生报出来的就是这个日子，我也没办法。

其实很多人都不知道预产期到底该怎么算。日本有句老话说女人怀胎是"十个月零十天"，但这个说法本就有点儿问题……

举个例子，如果医生给出的预产期是十月十日，很多人会简单粗暴地减去"十个月零十天"，认定同房的日子是一月一日。但预产期不是这么算的。不是在同房日期的基础上加"十个月零十天"，而是往末次月经开始的第一天加四十周，也就是二百八十天。听着挺复杂的，其实很好算。末次月经的月份减三，减不了就加九，日子加七就行了。

所以在上面这个例子里，末次月经是一月三日开始的。假设月经持续一周，再过一周排卵，实际导致怀孕的同房最可能发生在一月十五日到十九日。

其实我也没必要跟你啰唆这些，毕竟你是生过孩子的人。大多数人并不关心孩子是在哪天怀上的，但我的高中同学山形差点儿因为这个离婚。

　　说得好听点儿，她老公是那种正派又规矩的人。她有了怀孕的迹象，就去医院做了检查。医生说她有三个月的身孕了，她就兴高采烈地告诉了老公。老公也很高兴，问了她预产期，还很起劲地在日历上做了记号，接着突然琢磨起来：孩子是什么时候怀上的呢？他往回数了"十个月零十天"，却发现日历上写着"出差"，顿时就起了疑心。

　　孩子真是我的吗？不会是她趁我出差的时候跟人偷情怀上的吧？他当场逼问山形："你给我说实话！手机拿来我看看！"家里闹得鸡飞狗跳。山形也只在医院听到了日期，并不知道医生是怎么算的，没法跟老公解释清楚，只能一口咬定"我没出轨"。争着争着，她反问老公："你是不是自己心虚，所以才疑心我啊？"最后两个人大吵了一架。

　　吵来吵去，谁都不肯退让。最后她老公撂下狠话，孩子不是他的就离婚。天知道怀孕三个月的时候能不能查出来，反正他们第二天就去了医院，要求做亲子鉴定。

　　听护士讲解了预产期的算法，他们才知道是自己误会了。那段时间，山形的老公出差了两个月，孩子就是他回家当晚最干柴烈火的时候怀上的，也算是虚惊一场吧。对了，山形在足立制作所上班……在哪儿上班倒是没什么关系。不过能像他们那样，把心里话都说出来就好了，才一天的工夫就打消了疑虑。因为预产期蒙上不白之冤，积郁于心，谁受得了啊？

但也有人靠错误的算法松了一口气。

比如——我的姐夫。

八月十四日减去十个月零十天，就是十一月四日。跟我上床是十一月二十一日的事情，所以他觉得孩子不是他的。不，应该说他是这么安慰自己的。

我从没对姐夫说过"孩子是你的"。我告诉父母和姐姐，孩子是我领导的，他有家有室，不能透露他的名字。姐夫说，他信了。

我肚子里的孩子百分之百是姐夫的，但这事不怪他。毕竟是我主动勾引的。四年前，姐姐第一次带他回家的时候，我就喜欢上他了。

你问我喜欢他什么？与其说是长相或性格，倒不如说是他的官职……哦，就是职业。姐夫是个警察，所以我喜欢上了他。我从小爱看刑侦片，但对"警察"这种职业的人产生特殊感情，还得追溯到爱美莉出事那天。

你应该已经从她们三个那里听说了，那天我按真纪的安排去了派出所。派出所在上学路上，所以我每天都会经过，却从没进去过。毕竟我从没捡到过失物，也没干过什么坏事。

爱美莉却当我是小偷。你不知道？

——抱歉，我肚子疼起来了，等我五分钟……

真纪提起了我们当年玩过的探险游戏。真没想到，她在临时家长会上的发言会被原封不动地公布在网上。听说是有家长带了录音笔。你是不是也在录音呢？录就录吧，我是无所谓的……

是我最先发现那栋闲置的别墅是可以进去的。我们家种葡萄，可我最讨厌帮大人干农活儿了。如果生在普通的上班族家庭，我就不用干那些活儿了，可我偏偏生在了务农的家庭，无论自己乐意不乐意，都得帮家里做白工，这也太不公平了吧。不过干农活儿也不是一点儿乐子都没有，多亏了那栋别墅。葡萄园深处正对着别墅的院子，所以被大人叫去干活儿的时候，我会利用休息时间去别墅周围转转，权当它是我们家的财产。别墅的外观还挺时髦的，所以我觉得里面肯定也不会差。本想找条缝瞧一瞧，可惜所有的门窗都用大木板封死了。

把零食、盒饭带去别墅边的大白桦树下吃，是不是就能体验到外国女孩开茶会的感觉了？这个主意是我姐姐想出来的。姐姐比我大三岁，总能想出各种好玩的点子，当年我可喜欢她了。

姐姐说，既然要去，就带点儿和别墅的氛围更搭的东西吧。她会在我下地干活儿的前一天晚上烤点儿饼干，做点儿卖相好的三明治。卖相是好，但馅料都是普普通通的东西，毕竟乡下的超市不卖稀罕的火腿和奶酪。馅料不是鸡蛋，就是火腿片，还有黄瓜……但姐姐会用好看的包装纸把普普通通的三明治裹起来，包装得跟糖果一样，或者挖成心形；再用带花边的草莓印花手帕垫篮子，把三明治放进去，就算大功告成了。

姐姐有很严重的哮喘，大人很少让她帮忙干活儿，但她经常特意为我做这些东西。没错，她有哮喘。哪怕是在全国空气最干净的小镇，该得病的也逃不掉。

六月初的那一天，我拿着姐姐烤的饼干，趁着休息的时候独自走向别墅。从葡萄园过去，最先看到的是别墅的背面。走着走着，我发现映入眼帘的景象跟平时不太一样。一直被大木板遮得严严实实的后门居然露出来了。那是一扇深棕色的木门，装着金色的把手。

门会不会开着？我兴奋地转动把手，却发现门是锁着的。我顿时大失所望。不过定睛一看，把手下面有形似前方后圆坟[1]的锁眼，电视剧里常有用发卡撬开这种门锁的桥段。于是我就摘下夹着刘海的发卡，插进锁眼试了试。我不过是

---

[1] 日本古坟时代流行的陵墓形制，通常前面部分呈方形，后面部分呈圆形。

在享受心跳加速的感觉，并没有抱什么期望，谁知拨弄几下之后，我便觉得发卡好像钩住了什么东西，接着慢慢一转，只听见"咔嗒"一声，锁居然开了。整个过程还不到一分钟。

我悄悄推开沉重的房门，发现里面是厨房。厨房里没有锅碗瓢盆，只有些固定的家具，但深处有形似木制吧台的东西。我顿时生出了误入外国人家的错觉。

但我不敢独自进去。我本想告诉姐姐，却又不敢带她去灰尘多的地方，要是加重了姐姐的病情就麻烦了。所以第二天我告诉了真纪。因为真纪虽不如姐姐点子多，但也提过很多有趣的玩法。

有些游戏得多拉点儿人一起玩，但溜进别墅这种事肯定不能让学长学姐和大人们知道，所以我们决定少叫几个人，只约了住西区的同学。别墅探险队的成员，就是凶案当天在场的五个人。

我打开门锁，五个人屏住呼吸走了进去。不一会儿，大家就各自撒起了欢儿。那是我第一次亲眼看到壁炉、华盖床和猫脚浴缸。爱美莉家也有很多我从没见过的东西，但世上最让人失落的，就是"明知道是好东西，却属于别人"。当然，那栋别墅也不是我的，却也不属于我们五个人中的任何一个。连爱美莉都说她是头一回看到壁炉呢。别墅就这样成了我们的城堡和秘密基地。

爱美莉向拥有了秘密基地的大家提了个有趣的建议——把宝贝藏在壁炉里。光藏就太没意思了，还要假装那是某人的遗物，附上一封写给那个人的信。我们都到了可以面不改色心不跳地撒谎的年纪，自然起劲得很。每个人都带上了自己的宝贝和信封信纸，在别墅的客厅写信。我决定假装姐姐死了。

姐姐，谢谢你一直对我那么好。我会努力安慰爸爸妈妈的，愿你在天堂安息。

信的内容大概就是这样吧。写着写着，我竟有种姐姐真的不在了的感觉，随即眼泪汪汪的。我把信和姐姐春游时买给我的压花书签一起放进了爱美莉从家带来的漂亮饼干罐里。

信是大家各自封上的，没有给任何人看，宝贝倒是都展示了一下。纱英的是手帕，真纪的是自动铅笔，晶子的是钥匙圈，都很幼稚，唯独爱美莉的不一样。她的宝贝是一枚缀着红宝石的银色戒指。我这样的乡下孩子都看得出那不是玩具。爱美莉用的东西都很贵，我早已见怪不怪，却还是不由得被戒指所吸引。

"我能戴戴看吗？"我随口一问，伸出手去。爱美莉却跟童话故事里的公主似的说道："这戒指只许我戴！"然后当着我们的面，小心翼翼地把它收进了盒子。

别拿来不就好了……我有点儿不爽，所以当爱美莉把装着宝贝的饼干罐藏进壁炉时，我对着她的背影嘟囔了这么一句。她好像听见了。

一星期后，她找上门来。

还记得那是星期天午后。因为一早就下了雨，我窝在房间里看漫画，心想"今天大家应该不会去别墅了吧"。就在这时，爱美莉来了。我们也不是特别要好，所以听说她一个人跑来我家，我还挺惊讶的。

跑去家门口一看，爱美莉一脸的慌张。她压低声音对我说："妈妈在找戒指。求你了，由佳，陪我去别墅拿回来吧！"

"戒指"就是爱美莉藏进饼干罐的宝贝。我问："你不会是瞒着妈妈偷偷拿出来的吧？"她回答得模棱两可："戒指放在妈妈的衣柜里，但它是我的！"我妈妈常说，她会把自己的订婚戒指传给姐姐，把奶奶给的戒指传给我，还说"以后都是你们的"。我心想，爱美莉家大概也是这样吧。

至于爱美莉为什么会来找我，我也很快反应了过来。因为我是唯一能用发卡打开别墅门锁的人。看到我用夹住刘海的发卡开锁，大家都跃跃欲试。于是她们就轮流开锁，可也不知道为什么，居然没有一个成功的。用的明明是同一个发卡。只要用它钩住锁眼深处的凹槽，再转一下就行了，可无论我怎么解释，她们都找不到凹槽的位置。晶子也就算了，连真纪和爱美莉这样的优等生都打不开，我是真没想到。

这时，纱英说道："由佳的手可真巧呀！"

我在各方面都是普普通通的，从不觉得自己的手特别巧。不过仔细想想，我确实一直都很擅长这种讲究手感的事情。握力明明很弱，却拧得开很紧的瓶盖，解开打结的绳子、组装漫画杂志的赠品也难不倒我。

我陪着爱美莉去了别墅，轻轻松松打开了后门，来到壁炉所在的客厅。"谢谢你啊，由佳。等我一下下。"说着，爱美莉一头扎进了壁炉。过了一会儿，她却回头看向我说："不见了！"

我探头一看，原本竖着放在右侧靠外那个角落的饼干罐确实不见了。"真的呢，不见了。"我边说边把头收回来，却发现爱美莉正死死盯着我。

"是你拿的吧？"

起初我都没听明白。看到爱美莉冷冰冰的眼神，我才意识到她是在怀疑我。我想不通她是怎么得出那个结论的，大声反驳"不是我"。

爱美莉也抬高嗓门儿喊道："就是你拿的！只有你能打开门锁！你是气我不让你戴戒指吧？这就叫'偷'！别以为我

不知道，你还偷过别的东西呢！纱英的橡皮就是你偷的吧？我看到你偷偷用她丢的橡皮了！不把戒指还给我，我就找爸爸告状！"

说完，她就号啕大哭起来，还边哭边喊："还我戒指啊，臭小偷，臭小偷……"我憋了一肚子的话，可转念一想，说什么大概都没用吧。

你问我想说什么？好比她提到的橡皮吧——纱英丢的橡皮，西区的每个女生都有。因为那是前一年儿童协会办的圣诞晚会上发的，人人有份儿。爱美莉不过是在听说"纱英丢了橡皮"之后，碰巧看到我用同款橡皮罢了。而且我也没"偷偷"用啊。

不过现在回过头来想想，要是用同款橡皮的是真纪或晶子，爱美莉还会那么想吗？

你能想象出一双有馋劲的眼睛吗？从小到大，妈妈老说我眼里有股馋劲。我和姐姐都是单眼皮，却只有我被贴上"眼馋"的标签。

有一次，我跟妈妈走在街上，和拿着冰激凌的同学擦肩而过。不过是跟人家挥了挥手，妈妈就一脸无奈地对我说："别用那种眼神盯着人家手里的东西，瞧把你给馋的……"那天确实很热，看到同学有冰激凌吃，我是挺羡慕的，但也没那么想要。

我心想，老这么说我，干吗不把我的眼睛生得好一点儿呢。小学三四年级的时候，我的视力下降得特别快，天天戴着度数不对的眼镜，眯着眼睛看东西，所以才会显得眼馋吧。

不好意思，扯远了。说回偷戒指的事吧。

见爱美莉哭个不停，我也火了，撂下一句"你自己哭去吧"，就离开别墅回了家。

当天晚上，爱美莉和她爸爸一起来了我家。是我妈妈应的门。我提心吊胆地躲在厕所里，生怕他们是来告状的，谁知妈妈喊我过去的时候，语气特别温柔。

走进客厅时，我的视线刚好撞上了凸眼星人。就是你先生。镇上的孩子们私底下都那么叫他。别急着笑，他们也这么叫你来着——抱歉，我接着往下说。

他们是来还"宝贝"的。被我撂在别墅的爱美莉一筹莫展，因为戒指不见了，门又锁不上。她不敢告诉妈妈，怕妈妈说她偷拿戒指，只能在别墅附近找了部公用电话，打去足立制作所，求助休息日还在上班的爸爸。

她爸爸很快就赶了过去。正当爱美莉在别墅跟前讲述事情的来龙去脉时，邻镇房产中介公司的车开了过来。中介大叔说，他上午带了个想办自由学校的东京客户过来看房，下午去了别处，刚把人送到车站，他就开车回来了，准备在后门装一把更结实的锁，防止外人擅闯。

据说那位客户找到了我们放宝贝的饼干罐。中介大叔把罐子还给了爱美莉，叮嘱道："以后可不能随便进去了哦。"爱美莉把我放进罐子的书签还了回来，还递来一大盒糕点。糕点是东京很有名的一家西点铺子出的。她笑着说："这家的东西很好吃的，你尝尝吧！"但她没有针对"冤枉我偷东西"这件事道歉。她大概是觉得，整件事里最委屈的就是她自己，无论她说什么都是情有可原的。过不了几天，她就会忘得一干二净吧。真是有其母必有其女啊。

我没跟别人提过这件事。因为我觉得爱美莉给的糕点就是不让我说出去的封口费。起初我说"不要"，推回给她。我也不是不想尝尝包装精美的糕点，但还是下定决心，爱美莉不道歉，就休想让我收下。可妈妈替我收下了。

"难得人家跟爸爸特意跑一趟，哪能这么没礼貌呢？"妈妈说了我一句，又跟爱美莉和她爸爸道歉，"不好意思啊，这孩子就是不懂事。你们以后也要好好相处呀。"他们心满意足地走了，我却是一肚子的委屈。我都委屈死了，还又挨了一通训。

倒不是因为爱美莉把我们偷偷溜进别墅的事情说了出去，而是因为姐姐说她也好想进去看看，问我怎么没告诉她。我说因为那里灰大，她就哭了起来，嚷嚷着"都怪我有哮喘"。

妈妈教训我说："当着你姐姐的面，瞎显摆什么！"可我没显摆啊。爱美莉和她爸爸回去以后，姐姐下楼问："出什么事了？"妈妈就告诉她："这孩子居然溜进了葡萄园后面的那栋空房子。"

我本想跟妈妈争辩几句，结果姐姐反而先开了口。

"不怪由佳，怪我自己没忍住。"

听到这话，妈妈忙说"这怎么能怪真由呢"，还让姐姐先挑爱美莉给的糕点。

妈妈一直心怀愧疚，怪自己没给姐姐一副健康的身子，没给爸爸生个儿子。但她好像从没有为"把我生成近视眼"自责过。

这大概是因为近视是爸爸那边遗传给我的吧，但姐姐的病也好，爸爸没儿子也罢，都不是妈妈的错。我也没听他们怪过妈妈。肯定只是妈妈喜欢用自责的口气念叨这些事罢了。这是不是叫受虐癖来着？大概就是这么回事吧。

可女儿被卷进凶杀案了都不来看看，未免也太过分了吧？……总算说回那起案子了。

——不过能先等我五分钟吗？

那天我出了学校的后门就跟晶子分头行动了。我去了派出所。派出所的片警好像是隔两三年一换，当年的片警姓安藤，挺年轻的，长得又高又壮，往那儿一站活像块榻榻米，他穿柔道服肯定很合适。真纪让我去报案，可我怕一个孩子单独去会被轰出来，那叫一个提心吊胆。进去一看，正在接待一位老婆婆的片警叔叔看着挺和善的，我这才松了口气。

我是来报告凶杀案的，本该立刻打断他们，但第一次进派出所的我就跟进了医院候诊室似的，规规矩矩地站在角落里等。看我这副样子，片警叔叔大概是觉得我没什么要紧事吧。他用和外表完全对不上的温柔嗓音说："坐在这里等一下哦。"接着他指了指婆婆旁边的折叠椅。

老婆婆在跟片警叔叔聊那些丢了的洋娃娃。她用只有老人家会讲的方言说，偷娃娃的肯定是东京人。我边听边想，她还要说多久啊……忽然，我想起她是哪家的了。那家的孩子跟我们炫耀过，说盂兰盆节要跟家里人一起去迪士尼乐园。老婆婆肯定是太寂寞了……我都有些同情她了。

对，就是爱美莉刚出事的时候。我不像其他人那么害怕，你有意见啊？但我当时确实还没有怕的感觉。不是因为我冷漠，更不是因为我对爱美莉怀恨在心，而是因为我看不清楚，就这么简单。

因为案发两天前，我们家为了迎接亲戚搞了场大扫除。我在干活儿的时候不小心踩坏了平时常戴的眼镜，只能用旧的应付一下，望出去一片模糊。

所以我只能隐约看到爱美莉倒在昏暗的更衣室里，没有大难临头的感觉。再次回到游泳池后，我才意识到出了大事。

老婆婆走后，片警叔叔柔声问我："让你久等啦，有什么事呀？"我只能照自己看到的告诉他："我的朋友倒在了学校的游泳池边。"

"出了这么大的事，你怎么不早说啊？"说完，片警叔叔就立刻打电话叫了救护车。他大概是误以为爱美莉溺水了吧。然后他就开着警车，带我赶去了小学。

他可能是在赶到游泳池看到你之后才意识到了事态的严重性。当时你瘫坐在男更衣室里，抱着爱美莉，一遍遍喊她的名字。我也是看到了那一幕才深刻认识到，爱美莉真的死了。

为了保护现场，片警叔叔婉转地劝你别抱着尸体，但你肯定没听见吧。

纱英也在现场，但她蜷缩在更衣室门外，闭着眼睛，双手捂着耳朵。任我们怎么喊她，她都不肯抬头。于是就只能由我讲述事情的经过了。

我们几个在体育馆后面玩排球的时候，有个穿着工作服的大叔走了过来，让我们中的一个人帮他检查游泳池更衣室的换气扇。最后他带走了爱美莉。我们又玩了一会儿，听着六点的《绿袖子》都响了，爱美莉还没回来，我们就找了过去，结果发现她倒在了男更衣室里。

片警叔叔一脸严肃地听我说话，在笔记本上做着记录。

没过多久，救护车来了，县警的警车也来了，街坊们也来看热闹了……游泳池顿时被围了个水泄不通。纱英被慌忙赶来的妈妈背了回去。她们刚走，晶子和真纪的妈妈就来了。还记得晶子的妈妈嚷嚷着："我女儿是顶着一头血回家的！"真纪的妈妈大声喊她的名字，到处找人。不过现场早已经乱成了一锅粥，她们干什么都不显眼。

只有我被孤零零地撂在一边。我明明是案件的当事人，却没有一个人管我。片警叔叔也正忙着向县警派来的人汇报从我这里了解到的情况。

万一凶手就混在这群人里，悄悄把我抓走，大概也不会有人注意到吧。这里明明有这么多人，却没有一个人会救我……还有比这更可怕的吗？

为了得到一丁点儿关注，我绞尽脑汁，思索还有没有别的能跟片警叔叔汇报。我去拿了留在体育馆门口的排球，递给片警叔叔说，上面可能有凶手的指纹。还在隔壁的女更衣室还原了刚发现尸体时的场景，告诉他爱美莉是怎么倒在地上的。

后来，县警的警官也向我详细询问了凶手的情况。总算有人理我了。我高兴坏了，使劲回忆，却给不出任何的细节，尤其是凶手的面部特征。不是想不起来。我刚才也说了，是本来就没看清。那天我们想连续传球一百次来着，失误最多的就是我，让球飞向凶手的也是我。我懊恼得要命。要是还戴着平时用的眼镜，就算看不清微小的黑痣和疤痕，好歹能看清大致的特征吧。

我气妈妈以"姐姐擦不了"为由，让我站在椅子上擦积满灰尘的架子；气这么多街坊都来了，她还不见人。可我边等边想，我们家在西区离学校最远的地方，也许她是还没听说出事了，肯定很快就会来的。气归气，但我还是很爱妈妈的。

听说搜查工作持续到了深夜。不过，片警叔叔九点就把我送回家了。妈妈一开门，发现来的是警察，顿时就一脸尴尬。

哎呀，太不好意思了，我正准备去接呢。筱原家打电话告诉我了，说小学出了大事，只是我家老大今天一早就不太舒服……哦，她哮喘得厉害，难受得一整天都吃不下饭。但傍晚的时候，她说蔬菜汤说不定还能喝点儿，所以我正给她做呢。嗯，是我的独门冷汤，她再难受都喝得下。再说了，我先生是家中长子，这种日子哪走得开呀……

都闹出人命了，妈妈却满脸堆笑说着这些事，看得我眼泪都掉下来了。也不知道是难为情，还是伤了心……我想起了你紧紧抱着爱美莉的尸体号啕大哭的模样。如果出事的是我姐姐，妈妈肯定会抱着她痛哭流涕。可我就算被人害死了，她大概也不会赶来现场吧。

你问我爸爸？听说他中午就跟亲戚家的大叔们喝上了，傍晚的时候都烂醉如泥了。就算醒着，他也不一定会来接我，搞不好还会嫌麻烦。爸爸是传宗接代的男丁，在大人的过度保护下长大。他好像对不能延续香火的孩子完全不感兴趣，更别提我这个让他希望落空的小女儿了。明明我们家也没几个钱。

眼泪没止住，妈妈却还要落井下石。

"由佳，你都上四年级了，自己回来不就行了？"

你自己回来，我就不用出丑了——我仿佛听见了她的心声。有没有我都无所谓。连父母都这样，别人就更不用说了。视力再好，到了我这儿都会视野模糊，根本看不到我。

正胡思乱想的时候，身旁的片警叔叔对妈妈说道："是我们一直没放她走，实在抱歉。"

然后他转向我，弯下高大的身躯，摸了摸我的头。

"难为你受了那么大的惊吓，还能把事情讲得清清楚楚。剩下的就交给警察叔叔吧，今天要好好休息哦。"

他的手掌大而粗壮，却很温暖，几乎能裹住我的头。直到现在，我都忘不了那一刻的触感。从那天起，我一直都在寻找一双同样的手。

案发后变化最大的，就是姐姐对我的态度。

那天只有妈妈没去学校接人，她怕是都有些过意不去了吧，那段时间对我特别好。虽然也就是问问我"有没有胃口""有没有想吃的东西"或者"想不想去邻镇租些好看的片子回来看"而已，但也是从没有过的待遇了。

那我想吃奶汁烤菜。

我明明是这么说的，当晚摆上餐桌的却是冷面和梅子蒸鸡。妈妈说，姐姐身体不舒服，吃不下烫的东西。录像带也没给我租，因为姐姐嫌动画片太吵。

说来说去，你们还是只顾着姐姐！你们巴不得死的那个是我吧！

我忍无可忍，大吼着掀翻了装冷面的碗。那是我第一次爆发。我忍了好多年，告诉自己"姐姐肯定比我更难受"，但当时更难受的显然是我。结果话音刚落，姐姐就哇哇大哭起来。

都怪我，都是我的错。如果我的身体再好一点儿，由佳就不用受这种委屈了，我还能给她做奶汁烤菜哄她开心。要不是身体太差……为什么偏偏让我遭这种罪啊？妈妈，你告诉我呀！

看到姐姐声泪俱下，妈妈紧紧搂着她，放声大哭道："对不起啊，真由，对不起啊……"这是案发第二天的事情。

后来，每逢妈妈要陪我去做笔录的日子，姐姐都会不舒服，最后只能让真纪的妈妈带我去。爸爸看到电视上放爱美莉遇害的新闻，问我"警察都问了些什么"时，姐姐也会放下筷子，说都怪我们聊吓人的话题，搞得她没胃口了。久而久之，家里就没人敢提那起案子了，生怕姐姐不舒服。被家里人捧在手心里的还是姐姐，我还是被撂在一边。

我早就死了心，知道再抱怨也是白费力气，却也不是完全无所谓。恰恰相反，我的焦虑日渐膨胀。本以为警察能立刻抓住凶手，可案子迟迟没有要破的迹象。从某种角度看，这可能得怪我们。虽然目击者都是孩子，但好歹有四个啊，可我们四个都说不记得凶手长什么样了。纱英向来胆小，晶子成天稀里糊涂，头上还受了伤，她们不记得倒也说得过去，但我不信连真纪都想不起来。哪怕是我，都把自己看见的记得清清楚楚呢。

但我觉得调查陷入瓶颈也不光是因为这个。比如，那天恰好是盂兰盆节。如果凶手是开车来的，换作平时，肯定会有人注意到路上的陌生车辆，但在盂兰盆节期间，很多携家带口的人会选择开车回老家，而不是坐电车，镇上到处都是外地牌照的私家车和租来的车，所以警方才收集不到关于可疑车辆的目击证词。

再说了，就算有陌生人在镇上走动，大家也只会当他是某家的亲戚，除非他溅了一身的血，或者有其他特别不对劲的地方。要是凶手换下工作服，塞进旅行袋拎着走，看着就更像回老家探亲的人了。

要是再早上一年，哪怕是在盂兰盆节期间，看到陌生人走在街上，大家也会寻思"他是哪儿来的"，但足立制作所的工厂建成后，镇上到处都是陌生人，会放在心上的自然而然就少了。按这个趋势一路发展下去，大家就会像城里人一样，对什么都漠不关心吧。

也许在彼此漠不关心的环境待久了也挺舒服的，可我就是想有个人关心我啊。就在这时，我想到了案发当晚送我回家的安藤警官。他肯定会认真听我说话，不让坏人伤害我。于是我拼了命地想去派出所的借口。

嗯，和蔼可亲、善于交际的你也许会纳闷儿："去派出所还需要找借口吗？"你肯定能笑着走进派出所，问候一声"你好呀"，然后随口聊起学校里发生的事情，跟人家闲话家常。可当年的我没有这个本事。哪怕鼓起勇气走了进去，人家一问"怎么了"，我要是答不上来，结局肯定是掉头就跑。就算没姐姐那档子事，我们家也是忙碌的农户。从我记事起，无论是工作日还是周末，大人挂在嘴边的永远都是

"忙着呢，一边去"。没人告诉过我，想撒娇、想要被关注是不需要理由的。

起初，我告诉安藤警官的都是些可能跟案子有关的事情。好比"我虽然不记得凶手长什么样，但感觉他的声音听着像某个演员"，或者"西区有二十来户人家有洋娃娃，但夏日祭晚上失窃的都是我们那个排行榜的前十名"。去了不到五次，没什么价值的线索就用光了。

我还去交过几次在路边捡到的零钱。可路上也不会天天有钱捡啊，于是我开始交自己钱包里的百元硬币了。回过头来想想，花钱跟人见面，让人家听我说话，这不就是牛郎俱乐部吗？十多年后，我还真迷过一阵子牛郎，原来根源在这儿呢。

说实话，我很讨厌你，现在的心情也算不上愉快。不过跟人聊一聊，就能看清一些自己未能察觉的东西。出事以后，我们四个就不再一起玩了，也没讨论过案子。要是我们多交流交流，也许就不会闹出这么多荒唐事了。

说起我的荒唐事……案发半年后，我第一次偷拿了店里的东西。

——咦……再给我五分钟。

和玩惯了的小伙伴日渐疏远，被原本温柔的姐姐视作眼中钉，认清了父母并不爱自己的事实，去派出所的借口也用光了，我真的太孤独了……就在这时，老师让我们准备4B铅笔，说是美工课要用。我只能去买，可钱包里只有三十日元。

我告诉妈妈："美工课要用铅笔……"妈妈却说："不是才给过零花钱吗？你自己买去。"我不敢说实话，只能攥着那三十日元去了文具店，发现一支4B铅笔要五十日元。

那家文具店开在小学附近，规模很小，就一个老婆婆看店。我拿起一支插在塑料筒里的铅笔，紧紧握住，满脑子都是"怎么办啊，怎么办啊，怎么办啊"……想着想着，我就把铅笔塞进了夹克的袖子里。我不敢相信自己的所作所为，连忙转向门口，免得被老婆婆撞见，结果差点儿尖叫出声。因为姐姐就站在透明玻璃门后，面朝着我。

姐姐走进店里说道："你是来买4B铅笔的吧？我有的呀，用我的不就行了？已经买好了？"

我默默摇头。

"太好了。我是来买自动铅笔的，要不也给你买一支？小学里还没人用吧？到时候就能在班上炫耀炫耀啦。要不就买同款吧，选两个不一样的颜色。你要粉红色的还是水蓝色的？"

说着，姐姐拿起两支好看的自动铅笔，笑着递了过来。一支要卖三百日元呢。那是案发后姐姐第一次对我笑，我都蒙了，只能默默看着她。为什么她今天对我这么好？是有什么喜事吗？我战战兢兢地伸手去拿那支水蓝色的自动铅笔，却被硬硬的东西顶住了胳膊。正是那支还塞在袖子里的铅笔。

也许姐姐看到我偷东西了，打算回家跟妈妈告状。大人要是知道了，肯定会加倍疼爱姐姐，更加嫌弃我。姐姐正等着看好戏呢。要不把铅笔拿出来，说我不要自动铅笔，让姐姐帮我买铅笔？可我要是从袖口拿出一支笔来，天知道姐姐会怎么说。

就在我胡思乱想的时候，姐姐兴高采烈地挑着橡皮和彩色圆珠笔。我无法忍受"偷东西的那一幕可能被姐姐撞见了"的负罪感，不，应该是绝望感，于是冲出了店门。我没法回家，也没有能在这种时候投靠的朋友。回过神来才发现，自己已经走向了派出所。你也许会纳闷儿，偷完东西转头就去派出所算怎么回事啊。可我当时真的觉得，那是唯一能接纳我的地方。

派出所是走到了，可我犹豫着不敢进去。里面的安藤警官倒是注意到了我，开口打了招呼："哟，这不是由佳吗？今天好冷啊，快进来暖和暖和吧！"

他没问"你来干什么呀？""怎么啦？""出什么事啦？"，而是说："天很冷。"我掏出袖子里的铅笔，大哭着对他说："我偷了店里的东西，对不起……"我不奢望靠道歉得到原谅。被他批评一顿也没关系，我还求之不得呢。

但片警叔叔没发火。他让我坐在暖炉边的椅子上，从办公桌的抽屉里拿出一个透明塑料袋。里面有近三十枚百元硬币。

这些钱不是捡来的吧？你肯定是太关心案子的进展了，所以才假装捡到了钱，过来打探消息，是吗？对不起啊，警察叔叔还没抓到凶手，害你担惊受怕了。其实你不用想这种法子的，想来的时候尽管来就是了。拿着这个袋子去店里付钱吧。就说你刚才忘了带钱包，所以回家拿了，人家肯定不会计较的。

说着，安藤警官把装了硬币的袋子塞到我手里。他的手好大好大，几乎裹住了袋子和我的手，跟出事那天一样可靠。这让我不由得想，原来还有人惦记着我呀。我跟他道了谢，回了文具店。老婆婆说，姐姐已经付过钱了。老婆婆没发现我偷了东西，是姐姐告诉了她，替我道了歉。她说："你有个好姐姐呀。"

回到家时，严阵以待的妈妈连家门都不让我进，直接把我关进了仓库，说："偷东西的坏孩子就跟那儿待着吧。"仓库里没有灯，也没有被褥，但我可以拿出塑料袋里的硬币，回味片警叔叔的手摸着是什么感觉。所以我既不害怕，也不难过。

可惜一个月后，安藤警官就走了。听说他通过了考试，要调去县警本部了。明明是喜事，我却伤心得要命。眼看着人家第二天就要走了，我却低着头杵在派出所门口，连一句好听的话都挤不出来。安藤警官告诉我："接替我的是个老资格，有什么事随时找他。"可新来的片警大叔拖家带口，还驼着背，看着很靠不住。从那时起，我就算是有事，也不会去派出所了。

所以……这么说确实有找借口的嫌疑，反正安藤叔叔走后，我就开始时不时偷店里的东西了。不是为了找乐子，也不是因为零花钱不够。不过是想有个人理理我罢了。我被卷进了凶杀案，父母都没来接，但警察一个电话打过去，他们总不能不来吧？只可惜我的手太灵巧了，几乎没被抓到过。就在这时，一群深更半夜在外游荡的初中生跟我搭话了。我终于交到了朋友。

那是案发一年后的事情了。又过了两年，你才把我们叫去。

案发三年后，你把四个十三岁的小姑娘叫去家里，说了许多叫人难以置信的话。哪怕过着普普通通的日子，那个年纪的孩子也会对自己产生疑问和焦虑，你倒好，把"杀人犯"这个词狠狠砸在我们头上。你还说，要么揪出凶手，要么用你满意的方式赎罪，不然就报复我们。

你不过是把一时涌上心头的情绪原原本本发泄了出来，完全没考虑过孩子们的感受吧？说不定回东京待上两三天，你就把这事忘得一干二净了。

你和爱美莉长得不太像，但性格简直是一个模子里刻出来的。而且……也像极了我的姐姐。

在被你叫去的两个多月前，姐姐又变回了温柔体贴的模样。原因简单得可怜。她上了高中，交了个男朋友。男朋友像伺候公主那样捧着她。他们工作日每天都能在学校见到，电话粥却要煲到大半夜，节假日还要一起出远门。当姐姐给我看用一次性相机拍的照片，美滋滋地告诉我，她在游乐园连坐了五次过山车时，我都不知道该给出什么反应。

妈妈欣慰地说："看来人长大了，身体也会跟着好起来呢。"可她还是成天惦记着姐姐。难不难受呀？中午吃了什么？下星期就别出门了，在家休息休息吧？

妈妈向来把这些话挂在嘴边，可姐姐有了男朋友以后，好像就开始嫌她啰唆了。本以为姐姐喜欢的是众星捧月的感觉，看来她似乎更倾向于独占某一个人。

被姐姐推开的妈妈把注意力放在了我身上。我虽然觉得她自私，倒也不讨厌被关注的感觉。可她问我"要不要去看看心理医生"的时候，我还是吃了一惊。案子都过去三年了，现在还提这些做什么？再说了，我的日常生活也没因为那起案子出什么问题啊。

我说用不着。妈妈噙着泪水说道——

妈妈知道，你之所以偷东西，之所以夜里出去鬼混，都是因为那起案子。出事前，你哪里做过那种事啊？你向来都是个老实正派的孩子，妈妈本以为等你缓过来了就好了。可警察一直都没抓到凶手，你也越来越不像样了。只是妈妈忍着没说，其实你不止被抓到的那几次吧？昨天是不是也偷了？妈妈一看你的眼睛就知道了。所以……你就去看看吧，好不好？

我本以为不会有人注意到的。而且我做梦都没想到，发现的竟会是眼里本该只有姐姐的妈妈。而且她还说，一看我的眼睛就知道了……我眼里到底有什么啊？我回到自己的房间，想象在店里偷东西的场景，观察镜子里的脸，却看不出和平时有什么不同。

不过我也确实想收手了。就在这个节骨眼儿上，你把我们叫了过去。于是那天回家后，我就跟妈妈保证，"以后再也不偷东西了"。我告诉她，你一直逼我回忆凶手的长相，我太害怕了，所以才下意识偷了东西。但以后不用再担心了，因为你要回东京了。

后来，我跟那群夜里鬼混的朋友断了联系，过起了踏踏实实的日子。我跟他们本就不是一届的，所以没惹上什么麻烦。高中毕业后，我进了邻镇的信用社。要知道他们只在本地招两个人，可见我还是很用功的。幸亏你走了。

别绷着个脸啊，我也是实话实说嘛。你那天的行为就是不折不扣的恐吓。在你的胁迫之下，她们三个选择了赎罪。没做坏事却要赎罪，傻不傻啊？我本来是不想理你的，但最后还是找起了凶手。

但找凶手不是为了你，而是为了姐夫。

——宫缩的间隔好像越来越短了。得加快速度了。

姐姐是四年前结的婚。她念了本县某市的大专，毕业后进了一家百货店，三年后结了婚，辞了工作。在结婚的半年前，她第一次带姐夫回了老家。在邻镇租房住的我提前一天回了家，和妈妈一起打扫卫生，迎接他们的到来。这一回，我可没踩碎眼镜。

姐夫长得高瘦白净，面相和善，怎么看怎么像百货店的职员……姐姐却说，姐夫是个警察，在县警局工作。全家所有人的眼神里都写着一句话——"这种人抓得了罪犯吗？"姐夫用辩解的语气说，他是信息部门的，整天都对着电脑。我都不知道警察还有这样的部门，难怪啊。

我好奇姐夫是怎么认识姐姐的，就问了一嘴。他说有个专跑百货店和警察局的寿险代理大妈组织了一场联谊会，他们就是在会上认识的。我心想，姐姐很擅长吸引自己盯上的人的注意力，那种场合最适合她发挥了。没想到姐夫难为情地说，当初是他对姐姐一见钟情，死缠烂打才追到了手。

姐姐一直都喜欢姐夫那个类型的，但我不好那口，所以我想和姐夫握个手，衷心祝福他们——就在握手的时候，我找到了熟悉的感觉。姐夫的手，和我最喜欢的安藤警官有着一样的触感……

也许我的记忆建立在不是很依赖视觉的地方吧。手的触感，让我产生了"想要"这个人的念头，无关外表。想触摸这只手，想被它触摸，想独占它。但我的愿望是不可能实现的。无论是那一天，还是之后的每一天，姐夫眼里都只有姐姐一个。

我想要的东西总是姐姐的。倒也不是姐姐心肠坏，抢走了属于我的东西。我出生的时候，妈妈就已经是姐姐的了。姐夫认识我的时候也是姐姐的，仅此而已。

两年前，姐姐受了很大的打击。她流产了，而且以后也生不了孩子了。由于流产的时候正值农忙期，姐姐在我家疗养了一段时间。听说同学有了孩子，她就号啕大哭，看到电视上放纸尿裤的广告，也要大哭一场。但半个月过后，她好像就放下了，若无其事地回了城里的警察机关宿舍。

后来，她回百货店做起了兼职。工资进账了，就跟还没结婚的老同学出去旅游。你问我姐夫？他本来就忙，姐姐在不在家都差不多。看到姐姐振作起来，他反而挺高兴的。

但姐姐犯了个大错。

我交过六个男朋友……至于这么惊讶吗？我也是能交到男朋友的，只是每段关系都不长久……他们都说，跟我在一起心累。我不过是想做些让他们高兴的事情啊……哦，你是不是以为当年的案子给我留下了心理阴影啊？我可以明确告诉你，完全"没有"。可能是因为我压根儿没看清爱美莉的衣着状态吧。

总之，我的前男友都很健壮，有着适合练柔道和橄榄球的身材，所以姐姐认定我就喜欢那种类型的人，对姐夫这样的不感兴趣。她好像完全没发现我"想要"姐夫，出门的时候还让我过去做家务。

不，她可能看出来了……我第一次偷东西就被她发现了，她怎么可能无知无觉呢？也许她早就注意到了，但她坚信姐夫不会对不起她，还想看我的好戏。那就是自作自受了。

我巴不得每天都去姐夫那儿，但时间和距离都不允许，只能利用周末过去做做家务。那段日子可真开心啊……星期六上午过去做午饭，和姐夫一起吃，偶尔还会一起看看电影录像带，打打游戏……但傍晚时分告辞走向门口的时候，他从来都不会挽留。只有一次例外。

其他地方的媒体有没有报道去年十一月这边的县警泄露机密信息的事情呢？就是那条"包含未成年罪犯真实姓名、住址和背景的机密文件随安全联络网的邮件发给了所有注册用户"的新闻。

那是姐夫捅的娄子。准确地说，文件泄露是某个电脑发烧友搞恶作剧发的新型电脑病毒导致的，但姐夫是负责管理那些文件的人，所以受了很重的处分。关键时刻，姐姐却跑去了北海道的度假酒店，说她"舍不得取消预定的手续费"，留下我陪着姐夫。

朝思暮想的手，只在那一晚归我所有。那是八月十四日减去两百八十天的两星期后。但一切并没有就此结束。因为新的小生命，在我的腹中诞生了。

瞧，他也在为来到这个世界使劲呢……稍等我一下。

查出身孕时，我觉得自己仿佛得到了一件不得了的游戏道具。

姐姐生不了姐夫的孩子，但我可以。说不定等孩子呱呱坠地，姐夫就会跟姐姐离婚，娶我为妻。我生出了这样的期许，也觉得自己很有可能美梦成真。

父母听说以后大吃一惊。妈妈起初絮叨了好一阵子，说我搞婚外恋大了肚子太不像话，搞得她都没脸见街坊和亲戚了。但爸爸劝了她一句"就当我们家后继有人了嘛"，她就变得格外起劲了。我都说不用人陪了，她却硬要陪我去医院做产检，还带我去神社给托腹带开光。查出怀的是个男孩以后，我的待遇就更高了。每次回父母家，桌上都摆着我爱吃的东西，电视和录像带也随我看。哪怕姐姐在家也一样。

姐姐上班以后养成了抽烟的习惯。看到母亲训斥在我面前掏出香烟的姐姐时，我都有点儿感动了。多神奇啊！这待遇比我刚碰上凶杀案的时候还高呢，做孕妇可真好啊！

但也挺无聊的。起初孕吐太严重，害得我不得不辞掉工作；可稳定下来之后，人就精神多了，仿佛之前的反应都没有发生过，搞得我都后悔了，早知道就该申请停职的。

对了，要不利用这个心满意足的机会做点儿什么吧。最好是能让姐夫高兴的。我想起姐姐提起过，下次人事调动的时候，姐夫可能会被调去本县的偏远地区。当时我还没当回事，心想"要是他被调去镇上的那座派出所就好了"。但后来转念一想，姐夫肯定是不乐意的。我能为姐夫做些什么呢？姐夫是个警察……

姐夫要是立了功，也许就能留下了。比如，抓到杀人犯……爱美莉的案子应该快过时效了。

点子是想到了，可要真那么容易，警察肯定早就抓到凶手了。就在我退而求其次，心想"找到新线索说不定也行"时，天启降临了。

怀孕的时候更容易中彩票——你有没有听过这个说法？我可不觉得这只是迷信。孕妇的肚子里孕育着新生命呢，有神力傍身也很正常……不过现在回过头来想想，我当时只是有点儿神经过敏吧。

今年四月，我在广播里听到了天启。怀孕的时候，眼睛常会又酸又痛不是吗？所以我那天在听广播。还记得去年夏天，住在某所自由学校的男生放火烧了学校的新闻吗？

那所学校好像要重开了，负责人接受了采访。心不在焉地听他讲述自由学校的必要性和未成年人犯罪频发的问题时，我发现自己的心跳莫名其妙地加快了。

为什么？为什么心跳得这么快？……哦，因为负责人的声音听着很像当年的凶手。但男人的声音听着可能都差不多吧，除非有非常明显的特征。

凶手的声音也确实很普通，就干脆爽快这一个特征。上初中和高中的时候，学校里有两三位这种声线的老师吧，就是那么普通。我都觉得好笑，以为是想找到凶手的念头让自己产生了这样的错觉。

不过，这则新闻还有一点引起了我的注意。自由学校——乡下小镇也有几个像晶子那样闭门不出的孩子，但没人上过自由学校。我却对这个词有印象，因为被爱美莉当成小偷的那一天，她提起过有人来别墅看房，想办所自由学校。

那栋别墅到头来好像也没卖出去，五年前被拆除了。那天我走得早，没见到中介大叔，但后来我也跟他混了个脸熟，因为每到年底，他都要来我家推销那块地。

反正走过去很近，我就抱着为自己、姐夫和宝宝物色新居的心态去了趟车站跟前的中介公司，倒也没抱什么期望，权当消磨时间。

见我挺着个大肚子，大叔还指望能做成一单生意呢。得知我是来打听十五年前来看房的那个"想建自由学校的人"时，他的失望都写在脸上了。

"我记得他当时提过，说自由学校虽然是开在乡下的，但收的都是城里的问题学生，所以得找个交通还算方便的地方。不过办那种学校也挺不容易的啊，居然被人一把火烧了。电视报道那起纵火案的时候，我都吃了一惊呢，因为出事的学校就是那个人开的。"

大叔是这么跟我说的。案发两个月前，有个声音和凶手很像的人去过那栋别墅？要真是这样，那可就太巧了……我是抱着这样的心思去找的中介，没想到打听下来确有其事，反而有些难以置信了。怎么办？该不该告诉姐夫？我的思绪乱成一团。

可这又能说明什么呢？就算我告诉姐夫，"案发两个月前有个人来过镇上，我觉得他的声音和凶手很像"，也不能把声音当证据用啊。再说了，洋娃娃失窃案要怎么解释呢？

我需要更确凿的证据，比如指纹……爱美莉是怎么说的来着？她是不是说过，发现那些宝贝的，是来别墅看房的客户？他会不会碰过我的书签？警方有没有在排球上采集到指纹呢？爱美莉被带走后，我们又打了一会儿球，采集到指纹的希望恐怕不大，可万一采集到了，还跟书签上的指纹对上了，不就是天大的突破口吗？虽然书签会勾起一些不愉快的回忆，但我当它是爱美莉的遗物，一直收着没扔。

得赶紧告诉姐夫……

就在这个时候，家里出了一件大事——姐姐自杀未遂。我回父母家的时候，姐姐也回来了，还在浴缸里割了腕。伤口很浅，没有大碍。大概是演给我们看的吧。于是妈妈又开始自责了，说"都怪我没给你一副好身子，害得你保不住孩子"。但我确信这并不是姐姐割腕的原因。她肯定是察觉到了，我肚子里的孩子是姐夫的。

姐夫寸步不离地守着姐姐，说"都怪我不好"。天知道他指的是工作还是孩子。出了这种事，我都找不到机会跟姐夫提当年的案子了。而且我也觉得提不提都无所谓了。我意识到，就算生下这个孩子，姐夫也不可能归我所有，"想要拥有他"的念头也不像以前那样强烈了。我决定独自生下腹中的新生命，自己把他养大。只有这个孩子需要我。十月怀胎，就是让人在心理层面成为母亲的准备期吧。

你却偏要让我分心。

——好痛！再暂停一下……别碰我！用不着你给我揉腰！

我都不想再琢磨那起案子了，却收到了你寄来的信。信封里装着纱英的信的复印件。然后是报道了真纪发言的周刊杂志网站的截图和一张信纸。信纸上只有一行字：

我已经原谅你们了。

这话从何说起啊？我们到底对你和爱美莉做过什么？看到纱英的信时，你是不是觉得她是被你逼成了那样？你发现其中一个孩子竟把你十多年前一时冲动说的气话当真了，迟迟没有走出来。你不知所措，急急忙忙把信的复印件寄给了另外三个孩子，是不是？没想到，又一个孩子杀了人。

你寄信的本意是不想让悲剧重演，可孩子们没能领会。你很后悔，所以在第二封信里附了一句话。结果又有孩子杀了人。那个孩子说，她没看过那些信。所以你直接来找我，想着好歹要救下最后一个，是吧？

你这人做事永远只做一半。你确实在自责，觉得"闹成这样都是我的错"，但又在自我陶醉。所以你才会用"原谅"这样的字眼，不是吗？

你要能在纱英的婚礼上道个歉，说"对不起，当年我不该说那么过分的话"，纱英还会死守跟你的约定吗？你要能在寄纱英的信时附上一句"忘了当年的约定吧"，真纪也不至于把自己逼到那个份儿上吧？至于晶子，我不清楚她受了你多少影响。而我这次的事情跟你是一点儿关系都没有。

但你其实早就来了，不是吗？

真纪在发言中提到了自由学校负责人的名字，这让我大吃一惊。要不要联系真纪问问？先联系她妹妹好了……就在我不慌不忙地琢磨下一步要怎么办的时候，晶子出事了。也许是因为纱英和真纪的案子发生在离我很远的地方吧，听说她们杀了人，我也很难切身体会到事态的严重性。但晶子的案子就发生在镇上。我不是警察。就算我说"那个人可能是凶手"，事后证明说错了，我也不会受到谴责。还是得干干净净做个了断。

我把姐夫约来自己租的房子，告诉他"有要紧事跟你说"。也不知他把"要紧事"理解成了什么，我一开门，他就跪在我脚下，说："我会尽可能资助你，只求你别告诉任何人孩子是我的。"隆起的肚子挡住了视线,所以我看不清楚姐夫的表情,但能感觉到他都六神无主了。搞不好是临出门时,姐姐跟他说了些什么。我家在二楼的楼梯边上,门口随时都可能有人经过,他却嚷嚷着"就说孩子不是我的……",惨兮兮地跪着求我。一想到这个人是腹中胎儿的父亲,我都觉得可笑。我心想,犯得着把要紧事告诉这么一个人吗?

再说了,安藤警官说不定就在县警局呢。这么重要的事,怎么早没想到呢,我后悔极了。

"跟你说了也是白搭,算了吧。"我撂下这句话,迈出房门,正要走,身后的姐夫却突然勒住了我的双臂。他当然不是在表达爱意。他喊着"千万别告诉真由!",大概是误以为我要去找姐姐了。他就这么勒着我,一步步挪向了楼梯口。

姐夫想杀了我。不,他是想杀了我肚子里的孩子。孩子是他的亲骨肉,他却要为了心爱的姐姐痛下杀手。岂有此理!绝不能让人为了姐姐夺走我的宝贝!

可我再生气、再想保护孩子又有什么用呢?姐夫身材瘦弱,却终究是个男人,还是个警察。无论怎么抵抗,我都无法挣脱他的胳膊。我被逼到了楼梯边,一只脚都踩空了。完了——就在这个念头闪过脑海的时候,放在背带裙口袋里的手机响了。铃声是经典刑侦片的主题曲。姐夫像是吓了一跳，松开了手。

说时迟，那时快，我一个转身，用重获自由的手猛推他的胸口。

抱歉，姐姐发短信来了。

——姐夫好像没抢救过来。

那通电话是你打来的。姐夫摔下楼后，我打开手机叫救护车，却看到了陌生号码的来电记录。我虽然好奇，但还是先叫了救护车，并告诉赶来的救护人员——

都怪我。我想起了一些事，可能和十五年前的一起凶杀案有关。我姐夫刚好是警察，我就约他过来商量了一下。正要一起去警察局的时候，我走得太急了，差点儿在楼梯上一脚踩空……姐夫是为了救我才摔下去的。对不起，对不起……

哭着哭着，肚子痛了起来。虽然离预产期还有些日子，救护车还是把我一起送来了这里。没过多久，你就打来了电话，说刚好路过，想见我一面，于是我就让你来医院了。你是不是早就找去我住的公寓了？是不是从头看到了尾？不然我怎么会在千钧一发之际接到电话呢，哪有这么巧的？

……我就知道。

你是不是很庆幸自己救下了我？还是在为最后一个孩子也在你眼皮底下杀了人而揪心？——是揪心？那你为什么不

早点儿现身？你走到公寓一看，有个男人来了我家。于是你就在好奇心的驱使下，决定在一旁静观其变，不是吗？

你对我们的愧疚终究是流于表面的。也许你还怀恨在心，觉得是我们害得爱美莉丢了性命。

但我觉得吧，我们四个只是碰巧被卷进了那起案子罢了。我怀疑他一开始就是冲着爱美莉去的，而不是在五个人里选中了她。而这可能和爱美莉偷拿的宝贝戒指有关，可能和你——戒指的主人有关。

我甚至怀疑，你是不是认识那个办自由学校的南条。

至于怀疑的依据……那位因预产期跟老公大吵一架的朋友跟我提起过一个传闻，说爱美莉不是她爸爸亲生的。足立制作所不是刚换过社长吗，听说出了不少乱子。传闻也许是假的，但我总觉得这个说法也不是完全不可信。我这么说，可不是单凭孕妇的直觉。

比如，爱美莉有一双柳叶眼，既不像你，也不像你先生。这种遗传特征算不算数？还有，把我们叫去家里那天，你是这么说的："作为爱美莉的母亲，只有我有这个权利。""只有我"……

我会把书签给你，天知道能不能用作证据，就当是谢谢你救了肚子里的孩子吧……我一直都觉得，只有自己完全没受到你的影响，可现在看来，我可能也一直都没摆脱你说过的那些话。

这样一来，我们四个都算是履行了跟你的约定吧？那你接下来有什么打算？你不是有钱有势吗？告诉警察是我把姐夫推下楼的也无所谓，说不说随你。不过就算你包庇了我，我也不会感恩戴德的。

是时候去产房了。好漫长的一天，好漫长的十五年。不过我现在只有一个念头——还好我的心肝宝贝没有生在八月十四日。

仅此而已。

如果真是我害你们犯了罪，该怎么弥补才好？

本以为就是生活上有些不便，可小镇的荒芜远超我的想象。从搬来的那天起，我无时无刻不想回东京去。物质上的不便自不用说，更让人受不了的是这座封闭小镇的居民。因为他们简直把我当外国人看。

买点儿东西都不安生。我出门走两步，他们都要将我从头到脚细细打量一番，一脸不屑地指指点点："又打扮得这么花枝招展，不知道的还以为是去吃喜酒呢！"每次在超市询问"有没有××"，店员都会咂着嘴嘟囔道："城里人就是麻烦……"我也没问什么稀罕的东西，不过是牛腿肉、卡芒贝尔奶酪[1]、罐装多明格拉斯酱[2]、鲜奶油……就因为这些东西，我成了本地人眼里的"做作阔太太"。

1　原产于法国卡芒贝尔村的奶酪，由此得名。——编者注
2　一种法式浓酱，经日本人改良后常用于日式西餐。——编者注

即便如此，我还是拼了命地朝他们靠拢。这都是为了丈夫的前程。如果他的职位不高，我肯定不会生出努力融入这座小镇的念头，可他毕竟是新工厂的负责人。为了让足立制作所尽快被本地人接纳，我这个做妻子的也必须竭尽全力。

镇上不是经常搞集体大扫除吗？我只参加过一次，还拉上了许多同住员工公寓的女眷，说"巡回板报[1]上写着自愿报名，但我们应该积极参加镇上的活动"。可是去社区中心跟前集合时，他们是用什么态度对待我们的？

"城里来的太太们又何必凑这个热闹……打扮得这么漂亮是想干啥呢？"

这算什么话？我可是做好了刷臭水沟的思想准备去的，穿着衬衫和牛仔裤，脏了也不要紧。本地人穿的也不是战争年代那种劳动裤。大部分人穿了运动服，但也有不少年轻人穿得跟我差不多。就算我穿着运动服去，他们十有八九也会那么说。最后，本地人都去路边河边除草了，我们这些外人则被分配去社区中心擦窗户，美其名曰"不能脏了你们的纤纤玉指"。

对本地人的态度心怀不满的又岂止我一个？住员工公寓的女眷们常聚在走廊里发牢骚。她们在这个过程中渐渐团结

1　贴有社区通知等信息、供居民传阅的纸板。

起来，一些在老工厂时没什么交情的人都开始定期开茶话会联络感情了。

但她们很少邀请我。

我中意的西点店每次推出新品，母亲都会寄些过来，所以我偶尔也会试着请女眷们来家里坐坐，却总也聊不起来。她们也没有回请我。我心里很不是滋味，因为我也想和她们一起抱怨这座小镇，讨论讨论孩子的补习班和兴趣班要怎么安排。不过转念一想，不请我也是理所当然。因为她们开茶话会的时候，也会发发公司的牢骚。

怎么偏偏把工厂建在了这种地方？我家可刚盖了新房子啊。好不容易才托关系把孩子送进了出名的补习班……不用竖起耳朵，都能听到这样的声音。

像是本就封闭的小镇里多了另一座封闭的小镇，而且两边都将我拒之门外。

住东京的时候，我过的可不是这样的日子。与老友谈天说地，聊着聊着就忘了时间。有中意的精品店和餐馆可去，有话剧和演唱会可看。绝不会有人提起鸡蛋什么时候打折。朋友圈里就没有一个操心柴米油盐的人。每个人都在忙着打扮自己……围绕着我，让我心情舒畅的，正是共度韶光的朋友们。

从出事到现在，我通过种种渠道了解到了你们的境遇。我同情你们，却无法与你们中的任何一个产生共鸣，甚至难以想象你们的生活。

这些孩子为什么不打扮自己？为什么不跟朋友们吃喝玩乐？为什么不去享受生活？换作我，又会度过怎样的人生呢？

我也有童年玩伴。可能因为上的是私立学校吧，我没有放学后或放假时在小学操场上玩耍的记忆，但好歹会和小伙伴们一起在自家附近的公园里玩。如果我们中的一个被陌生人带走杀害，我会不会被迟迟没有落网的凶手吓得提心吊胆好几年呢？会不会走不出被遇害朋友的母亲痛骂的阴影呢？

我肯定不会像你们那样耿耿于怀。

我也失去过要好的朋友。我也曾一度深深自责，疑心是自己害死了她。可总想不开又有什么意义呢？还不如向前看，追求未来的幸福。

于是我决定放下。当年我二十二岁，比现在的你们稍微年轻些。

升大二那年春天，我和秋惠成了好朋友。我上的是女子大学的英语系。我们学校素有"贵族学校"之称，半数学生是从小学直升上来的，我也是其中之一，秋惠则是高考进来的。她只提过一次老家，是一座我从未听说过的小镇，没什么像样的旅游景点，也没有出名的支柱产业。

我想着大学的课不用每堂都去，考前去个几次就差不多了，平时就一门心思玩。她却是那种从不缺课、坐在最前面认真做笔记的学生。我之所以跟她搭话，就是想在考前问她借笔记。她明明都没见过我几面，却二话不说就借了笔记。

她的笔记别提有多细致扎实了，看得我都感叹，还学什么废话连篇的课本啊，从明年开始直接用她的笔记不是更好？起初我还觉得，请她在学校食堂吃个蛋糕也就够了，可越想越过意不去。当时我刚好有两张演唱会的票，于是就送了她一张。

票是一个男性朋友送的，但我没和他约好一起去，用来还人情正好。

我看她一本正经，还担心她不一定会对J家[1]感兴趣，没想到她还挺喜欢偶像的。"不是在做梦吧？我最喜欢他们了！真的可以收下吗？我只是借你看了看笔记啊，太不好意思了。"她欣喜若狂，还反过来请我喝茶。

但她好像也是第一次在食堂吃蛋糕，感动得要命，说从没吃过这么美味的蛋糕。

我对她生出了一点儿兴趣。

演唱会当天，她打扮得比平时稍微时髦了一些，但鞋和

1　指杰尼斯事务所经营的偶像。该事务所已于2023年10月解体，曾是日本著名演艺经纪公司，培养、经营过众多艺人及偶像团体。——编者注

包都是旧的，跟平时一样。我本就对偶像兴趣不大，比起在舞台上唱歌跳舞的偶像组合，我更关注身边的她。她激动得蹦蹦跳跳，我的目光则落在她的脚上。她怎么能满不在乎地穿这么破的鞋出门呢？我家里要是只有这双鞋，那我宁可不出门。这身衣服该配什么样的鞋子呢？上次看到的那双绿色短靴应该挺合适的。

对了，约她一起去逛街吧。她平时总跟外地来的同学待在一起，肯定不知道该去哪里买时髦的衣服。还想请她吃蛋糕。她连食堂的蛋糕都觉得好吃呢，随便找一家我喜欢的西点店，她都会吃得很开心的。

于是我就约了她，她也兴高采烈地跟来了。我问："这双鞋怎么样？"她两眼放光地盯着鞋子回答："真好看呀。"她说："我妹妹要过生日了，我想送她件时髦的文具。"我就带她去了杂货店。她又说："麻子你眼光好，能不能帮我参谋参谋呀？"吃着美味的蛋糕时，她也激动万分地说："我这辈子就没吃过这么好吃的蛋糕！"

我还把她介绍给了常和我一起玩的几个男生。大家一起兜风，喝酒聚餐。秋惠酒量不好，起初怯生生的，所幸男生们长得都很帅，而且能说会道，所以没过多久，大家就打成了一片。她说："麻子的朋友都好好哦！"我告诉她："你也是我的好朋友呀！"她顿时眉开眼笑。

我开心极了。

因为向来都是别人取悦我，我从没想过要去取悦别人。每次收到男生们的礼物，我都很纳闷儿：明明得不到多少回报，他们为什么这么起劲呢？但我现在明白了，原来他们也是乐在其中。

只要看到秋惠笑容满面地道一句"谢谢你"，我就特别满足。我心想：哦，原来我更喜欢为别人做点儿什么，而不是等着别人来讨好我。

如果我能以另一种方式认识二十五岁的你们……如果爱美莉还活着，把你们几个朋友介绍给了我，我也许会给你们每个人提提建议，送些小礼物。

纱英长得白净，眉清目秀，剪个短发就不会显得懦弱了。试着把耳朵露出来，戴大一点儿的耳环呢？前些天我逛街看到了一对很好看的，一时冲动买了回来，干脆送你好了，下次约会的时候戴上试试嘛。

真纪个子是高，可也不能天天穿低跟鞋呀。再说了，当老师也不用打扮得太朴素嘛。对了，要不要配条围巾？你脖子长，肯定好看。

晶子得多出去走走。你不是喜欢可爱的东西吗？我想到了好多可以带你去逛的商店，一天都不一定能逛完呢。对了，我有个朋友开了个插花兴趣班，我们一起去吧。

由佳的手真漂亮，不打扮打扮多可惜啊！去过美甲店吗？真想送你个戒指戴戴，不过收到老阿姨送的戒指，你怕是也开心不起来吧。

聊着聊着，一旁的爱美莉插嘴道："真是的，妈妈你还有完没完了！她们每次来你都这样，真是多管闲事。吃的喝的都堆满啦，你该去忙你的了。"

爱美莉也许会这么轰我出去……

话说出事前，你们还来过我们家呢。虽然只有一次，但我记得很清楚。见你们笨手笨脚地用叉子吃着蛋糕，我不由得担心起来：让爱美莉跟这群孩子交朋友真的好吗？但当天夜里，真纪的母亲就打电话来致谢了，说"感谢您邀请我们家真纪上门做客，她玩得很开心，说您家的蛋糕特别好吃"。在超市遇到我时，另外三位母亲也道了谢，说"孩子高兴坏了"。这让我对镇上的人有所改观，没想到他们还挺有教养的。

但你们其实是不开心的吧。秋惠也一样。

无论我约秋惠去哪里，她都会跟来，打扮得也还算时髦，唯独鞋子还是破破烂烂的。我问她"怎么不买我推荐的那双靴子呢"，她说"好看是好看，可惜太贵了，等打工的地方发了工资，再找双价钱实惠、款式也差不多的好了"。
我这才知道她在餐馆打工。

"老家的父母已经帮我交了那么贵的学费，零花钱总得
自己赚吧。"

她是这么说的。在那之前，我从没考虑过学费的问题。
说实话，我都不知道学费是多少。但跟我一起长大的朋友们
都是这样的。没人会去打工。大家都觉得，那是穷人家的可
怜孩子做的事情。

我很可怜秋惠，就帮她买下了那双鞋。虽然她的生日还
没到，也不是圣诞节，但做朋友不就是要一心一意让对方高
兴吗？管它是不是过节呢。我给鞋盒系上缎带，附了一张写
有"友谊信物"的卡片，寄去了她租住的公寓。

好期待上学的日子啊！她会不会穿来学校呢？会搭一身什
么样的衣服呢？会跟我说什么呢？……可她没有穿来。是不是
还没寄到啊？还是她小心翼翼地收起来了，留着重要场合穿？
正疑惑的时候，她把那双鞋原封不动地还给了我，说不能无
缘无故收这么贵的礼物。我简直不敢相信，本以为她会很开心
的。我让她别客气，她却说："我不是在跟你客气。"

她怎么就理解不了我的一片苦心呢？我越想越生气，对
她说了这么一番话。

"凭什么不收我送的鞋？我请你吃过饭，还把朋友介绍

给了你。你要不肯收这双鞋，就必须请我吃好吃的，介绍你的朋友给我，必须是男生哦。我给你介绍过五个，你也得介绍五个给我！”

我也不是真要她请我吃饭，真要她介绍男性朋友给我。我本以为，只要提一些她做不到的要求，让她为难，她就会收下鞋子了。

谁知一星期后，她真的约我去吃饭了。走进不起眼的小酒馆一看，靠里的餐桌旁坐着五个男生。他就是其中之一。

他也是大学生，比秋惠大两岁，和她在同一家餐馆的后厨打工。其他四个是他的同学，他们上的都是某大学的教育学院。

“秋惠说她约了美女吃饭，我就叫上一群臭小子来凑热闹了。”

他用开玩笑的口气说道，但在场的男生看着都挺一本正经的。酒馆装修得破破烂烂，饭菜却很可口。大家起初还会主动跟我搭话，问“你老家在哪儿”什么的，但不到半小时，我就觉得无聊了。因为我跟不上他们讨论的话题。

他们都是教育学院的，热火朝天地讨论起了这个国家的教育问题。当时根本就没有“宽松教育[1]”的概念。他们聊起了

1　日本政府在20世纪80年代到21世纪10年代初期推行的教育方针，内容包括：降低课业难度；减轻学生负担；不公布成绩；不对学生进行排名；学习内容减少三成；上课时间缩减一成；等等。

因高考落榜而抑郁甚至险些自杀的熟人，说很有必要创建一个让掉了队的孩子们重整旗鼓的平台。

秋惠没有发表自己的观点，但听得很认真。无聊的就我一个。因为我周围就没有为升学吃过苦头的人啊。大家都是上小学前参加一场走走形式的笔试和面试，然后就能一路直升上大学了。朋友圈里没有特别优秀的，但也没有掉队的。

他们聊得越发起劲，我却越发生气了。我身边的男生都会找各种有趣的话题，生怕我无聊，这群人也太不知趣了。他们都是外地来的，难道乡下人都不会聊天吗？

就在这时，他主动向我发问："我们只知道乡下公立学校的情况，私立女校的课程都是怎么设置的呢？你们当年有没有什么稀奇的课、有意思的老师呀？"

他问的都是我也能回答的问题。我说初中部的理化老师特别爱散步，天气好的时候经常拉着同学们去室外上课，教我们四季的花花草草、昆虫的名字，教我们为什么叶子会变红，什么时候能看到彩虹，以及教学楼的墙壁只是看着白，其实不是白色的……没想到我一说起这些，不光是他，在场的所有人都听得认真极了。

乡下人不是见惯了大自然吗？他们怎么就听得那么起劲呢？我反倒吃了一惊。果不其然，他们也兴致勃勃地聊起了各自的童年。踢罐子，玩"木头人"游戏，在水田里抓小龙虾，在野地里建秘密基地⋯⋯

都是些与我无缘的游戏，不过爱美莉跟你们一起玩的就是这些吧。

我想把爱美莉培养得出类拔萃，也认定这是我的义务。所以她连话都说不利索的时候，我就给她报了培训班和英语口语班，还让她学了钢琴和芭蕾舞。你们可能会笑我太高估女儿了，可爱美莉真的很聪明，理解能力强，学什么都很快。大家都说难考的名校，她也轻轻松松考上了。

爱美莉长大以后会是什么样呢？再梦幻的想象，她是不是也都能——实现呢？

可丈夫偏偏被调去了乡下小镇。父母劝我跟爱美莉留在东京，丈夫也没有反对，但我还是决定跟他一起走。丈夫的前程在很大程度上取决于新工厂的业绩，我想在这个关键时期做好他的贤内助。最重要的是，爱美莉也嚷嚷着要跟爸爸一起去。她最喜欢爸爸了。

据说丈夫在新工厂的任期是三到五年，在空气清新的乡下小镇住上一小会儿好像也不错。所以我并不是心不甘情不愿地搬来的，但结果如前所述。

就不该搬来这种地方的。我每天都在后悔，但看着爱美莉，我又渐渐觉得，也许这就是最好的安排。

可能是我把乡下想得太简单了。我满以为乡下只是稀奇的东西少，爱美莉在上的兴趣班总能找到差不多的。谁知找了半天，却只有钢琴班。而且老师是没什么名气的音乐学院毕业的，从没在比赛上拿过奖，水平很低，还不如我自己教。课外辅导班只有个人经营的那种英语班和数学班，只收五六年级的学生，老师也不是名牌大学的毕业生。

我心想，要在这样的环境下考进中上水平的大学，恐怕不光要有天分，还要付出巨大的努力。累到抑郁，因落榜寻短见倒也是情有可原的。员工公寓的女眷们很快就有了危机感，甚至有人把孩子送去城里上辅导班，单程要坐近两个小时的电车，成天抱怨"交通费比学费还贵"。

我总算能理解十多年前在小酒馆听说的那些事了。所以我决定，不把爱美莉逼得太紧。既然大老远搬来了乡下，就让她做些只能在这里做的事吧。而且，爱美莉好像也很开心。

她总是刚放学回家就撂下书包出去玩，一直玩到天黑。回家以后也滔滔不绝地说跟你们玩了些什么。她说她看到了小龙虾，在学校操场上踢了罐子，往山那边去了，但做了什么得保密。

她还说了很多关于你们的事。纱英乖巧老实，但很靠得住。真纪是最用功的一个。晶子很有运动细胞。由佳擅长手工。厉害吧？那孩子一直都在仔细观察你们。

她很快就融入了乡下的生活，也在用心观察她的朋友们，和我完全不一样。我一直都觉得，爱美莉是我一个人的孩子，看来她身上到底还是流着他的血啊。

去小酒馆的第二天，秋惠收下了那双鞋。

"对不起，是我太意气用事了。我能穿这双鞋吗？就当是纪念我们的友谊。"

我心想：搞什么嘛，原来你是想要的啊。后来我们也会偶尔一起出门，但我不再像以前那样一心一意讨她开心了。不可思议的是，我的男性朋友们也开始觉得"对秋惠好"没意思了。要知道秋惠原来是很受他们欢迎的，可能是因为他们周围从没有过那样的女生吧。本以为他们眼里只有我呢，没想到竟有人瞒着我单独约秋惠出去。

反倒是秋惠介绍的那几个男生跟我越走越近了。他们起初误以为我是个不好亲近的大小姐，接触下来却发现我性格直爽，聊起来很开心。他们提议"下次找机会再聚"。渐渐地，我们就开始每周聚会了。我们还一起去过某个人的老家，到海边玩水。他们一路上都很关心我，动不动就问我"无聊不无聊""渴不渴"。

久而久之，我就觉得跟原来那群男性朋友待着没劲了，跟他们待在一起反而更开心。倒不是因为他们对待我的方式。他们动辄为教育问题争得面红耳赤，正是那洋溢着生命力的模样打动了我。而最吸引我的，就是第一个主动搭话的他。

是他最先对我表现出了关心，但大家都开始对我好以后，他反倒有些疏离了。然而不知不觉中，我发现自己在听他说话时点头最深，目光也一直落在他身上。见他们总是热烈讨论教育问题，我还以为教育学院的学生毕业了都会当老师呢，但他们告诉我，只有他要当老师，其他人都打算进政府部门，推动教育改革。他总是孤军奋战，反驳他们"没有一线经验又谈何改革"，所以他在我眼里才会倍显伟岸吧。

我确信自己喜欢上了他，却不知道该怎么办。我虽然是比较心直口快的类型，却从没跟异性表白过。向来都是男生对我倾诉衷肠，而且我也从没遇到过这么喜欢的人。

要是确信他也喜欢我，说不定我还敢主动表白。可我没有把握，不知道他有没有那么喜欢我。所以我决定请秋惠帮忙。我心想，秋惠和他在一家餐馆打工，可以找个独处的机会帮我旁敲侧击地问一问。

但秋惠婉拒了，说："这不合适吧……"

我有点儿生气，怨她这么小的忙都不肯帮。不过换位思考一下，如果没问出人家想要的结果，我肯定也会后悔帮忙的。换位……我忽然灵光一闪，要不先撮合秋惠和我的男性朋友，再让她帮我作为回报？我知道她性子耿直，绝不会只顾自己幸福快乐，而拒绝帮我的忙。

我把一个对秋惠有意思的男性朋友约了出来，开门见山道："你是不是喜欢秋惠？不用顾忌我，尽管去追吧。秋惠对你的印象肯定也不差，因为你长得很像她喜欢的偶像。她不肯跟你约会肯定是太难为情了。她这人就是这样的，心里越开心，就越是要闹别扭。所以你要强势出击。她不是酒量不好吗？你就说想找她商量关于我的事情，把她单独约出来喝两杯，然后趁机推倒，这样不就水到渠成了吗？"

计划圆满成功。我和他成了一对恋人。可这么想的只有我。每次都是我一厢情愿。

看到你们和爱美莉成了好朋友，我由衷地高兴，还希望通过你们和你们的母亲以及镇上的其他人搞好关系。但你们根本就没接纳爱美莉吧。

爱美莉的离去，让我深切地体会到了这一点。

来到小镇的第一天，远处响起的《绿袖子》让我很是疑惑。是在搞什么活动吗？那悲伤的旋律仿佛是在诉说我的心声。带路的工厂女文员告诉我们，那是社区中心广播的报时音乐，正午放《雪绒花》，傍晚六点放《绿袖子》。她还说，有警报或发生紧急情况的时候也会有广播，让我们多留意。

一台扬声器就足以通知到全镇的所有居民了，这镇子得有多小啊……我越想越难过。

不过用音乐报时还挺方便的。即使戴着手表，玩疯了也顾不上看，音乐却肯定能听到。"音乐响了就赶紧回来哦！"——我甚至养成了在爱美莉出门玩耍前如此提醒的习惯。

出事那天，我在家里准备晚餐时听到了《绿袖子》。盂兰盆节期间，工厂有些部门是不休息的，所以丈夫上班去了，只有我一个人在家。就在这时，门铃响了。我还以为是爱美莉回来了，开门一看，站在门口的却是晶子。

爱美莉死了。

还以为只是个恶劣的玩笑。两个多月前，爱美莉时常问我"人死了以后会怎么样？""过得不开心的话，是不是死掉重新投胎就行了？"之类的问题，所以我还以为她是跟朋友们联手搞恶作剧，躲在门后试探我的反应。我明明说过她好几次"不准拿死开玩笑"，顿时就动了气。

可爱美莉并没有躲起来。难道她出了意外？在哪儿？小学的游泳池？那孩子不是会游泳的吗，怎么会？为什么偏偏是爱美莉啊?！

脑海中一片空白。突然间，眼前浮现出秋惠的面容……我发疯似的冲了出去。别带走爱美莉！

游泳池回荡着孩子的声音，分不清是哭声还是喊声。

只见纱英在更衣室前抱着头，蜷成一团。我问她"爱美莉呢"，她头也不抬地指了指身后。

更衣室？不是掉进游泳池了吗？我望向昏暗的室内。爱美莉仰面倒在泄水踏板上，头朝门口，身上没湿，好像也没受伤。脸上蒙着一块印着可爱猫咪图案的手帕。唉……我就知道是恶作剧。腿都快软了。

我没了发火的气力。取下手帕，却看见爱美莉双目圆睁。"还没演过瘾啊？"我轻点她的鼻头，觉得触感凉凉的。顺势把手掌放到她的口鼻前面，都感觉不到她在呼吸。我抱起她，在耳边反复叫她的名字，她却连眼睛都不眨。我摇晃她的肩膀，大声呼喊，可她就是不醒。

我不肯相信。葬礼都办完了，我也不愿接受爱美莉已死的事实。死的是别人。我宁可相信死的是自己。

昏天黑地的日子一天天过去。我一遍遍问丈夫："爱美莉在哪儿？"他一遍遍用平静的声音告诉我："爱美莉已经不在了。"看到从没哭过的丈夫落下泪水时，我终于意识到，爱美莉是真的不在了。于是我又开始一遍遍问："为什么？"爱美莉怎么就死了？她怎么就被掐死了？为什么非杀她不可？我想听凶手亲口回答，盼着警方早日捉拿凶手。

本以为凶手会很快落网的。毕竟目击者至少有四个。

你们却异口同声、翻来覆去地说"不记得凶手长什么样了"。我真想挨个儿扇你们的耳光，把你们打倒在地。真想不起来也就罢了，可你们都没表现出在努力回忆的样子。不光是凶手的长相，你们眼睁睁看着爱美莉被一个陌生人带走，一个多小时过去了都没去瞧过一眼，却没有一个人在讲述事情的经过时流露出愧疚的神情。小伙伴被人害死了，你们甚至都没掉一滴眼泪。

因为你们并不难过，对不对？

我看着你们，心里不由得想：这几个孩子怕是只有"出了大事"的意识，却不觉得爱美莉可怜。如果被带走的是别人，说不定就不会让人家独自去了。说不定还会担心被带走的小伙伴，会早点儿过去看看。说不定会更伤心难过，会为了出事的小伙伴拼命回忆凶手的长相。

不光是这群孩子，她们的父母也是一路货色。我和丈夫去过你们每个人的家，请你们详细讲述案发当天的经过。当时是谁的父母在嘟囔"你们又不是警察"？又是谁的父母在怒吼"别再伤害我女儿了"？如果找上门的是老熟人，他们还会是这个反应吗？

不，应该说镇上的所有人都是这副样子。那天不知有多少人去小学看热闹，警方却没搜集到多少有价值的线索。连那些不认识我的主妇都知道我在超市找卡芒贝尔奶酪的事情，凶手的线索怎么就打探不到了？如果出事的是土生土长的本地孩子，他们肯定会挨个儿举报平日里名声不好的人吧？

还有镇上的广播。刚出事那阵子，每逢孩子们上学和放学的时间段，广播都会反复提醒，"请同学们尽量不要单独行动，和家人朋友一起走""不要跟陌生人走"。为什么就不能再加一句"如有案件相关线索请务必联系警方，再鸡毛蒜皮的小事也不要紧"呢？

没有一个人在为爱美莉的死而悲伤。没有一个人理解我失去爱女的悲痛。

由于凶手的线索实在太少，我都怀疑到你们头上了。说不定是你们四个杀害了爱美莉，然后统一口径，编造了一个并不存在的凶手。你们怕露出马脚，于是一口咬定不记得凶手长什么样了。全镇的人都心知肚明，还给你们打掩护。只有我被蒙在鼓里，孤立无援。

你们每晚都会出现在我的梦里，轮流掐死爱美莉。你们一边发出下流的笑声，一边掐她，然后又把头转向我，如合唱一般齐声说道："不记得凶手长什么样了——"

回过神来的时候，我已经光脚出了门，手里拿着菜刀。

见我半夜突然往外跑，丈夫追出来问："你要干什么?!"我说："去给爱美莉报仇。"他说："凶手还没有找到啊！"我大喊："就是那群孩子干的！""不可能是她们，因为……"丈夫支支吾吾，大概是不想提起爱美莉被性侵的事。

那又怎么样，就是她们干的！

我大吼大叫……后面的记忆一片空白。可能是晕倒了，也可能是员工公寓的人按住了我，喂了镇静剂之类的东西。

离了镇静剂，我都无法正常度日。丈夫建议我回娘家休养一段时间，但我拒绝了。如果当初没搬来这座小镇，爱美莉就不会出事了。她是被这座小镇害死的。我如此痛恨小镇本身，却又不愿离开，因为我一旦离开，案子就会被渐渐淡忘。到时候，就永远都抓不到凶手了。

而且我当时还没对你们彻底死心。随着心情的日渐平静，我想起你们也不过是一群十岁的小女孩。强逼这么小的孩子去回忆凶手的长相也是徒劳。她们也还惊魂未定呢。等过一阵子平静下来了，说不定能想起些什么。她们说不定也在为爱美莉伤心难过。等到了爱美莉的忌日，好歹会有人来上炷香吧。

可三年过去了，你们还是翻来覆去老一套。我认定爱美莉就是你们杀的，所以才会说——

你们是杀人犯。要么找到凶手，要么用我满意的方式赎罪，不然就报复在你们身上。

世上可能没有比我更不像话的成年人了，竟对初一女生吼出了这样的话。但我告诉自己，不说这么重的话，你们就会忘记爱美莉的遭遇。你们可是仅有的目击者啊。

我还觉得，就算我说到了这个份儿上，在我离开小镇的第二天，你们大概也会把案子忘得一干二净吧。

所以，我虽然时时刻刻都惦记着爱美莉，但还是决定把那座荒芜的乡下小镇抛到脑后。

东京有我的家人和朋友，大家都很照顾我，可以散心的地方也很多。但给我安慰最多的也许是孝博——除了纱英，其他人大概都不知道他是谁吧。

在小镇时，他是唯一关心过我的孩子。

我丈夫的堂兄堂嫂也在足立制作所工作，跟我们同时搬去了小镇。虽说是亲戚，但堂嫂是有工作的，而且他们的夫妻关系似乎不太好，所以我和他们几乎没什么来往。听说孝博是个聪明的孩子，但他的眼神总是冷冰冰的，在公寓走廊上遇到，他也不会打招呼。

案发一段时间后，他独自来到我们家。

"出事的时候我回东京了，没能帮上忙，实在对不起。我打算问问同学们有没有线索，能不能麻烦您跟我讲讲那天的经过呢？挑您想说的就行。不过在那之前……"

说着，他在爱美莉的灵前上了香，双手合十。只有他来我们家祭拜了爱美莉。我真的好欣慰。他还问起了凶案和洋娃娃失窃案的关系，但我告诉他，洋娃娃跟我们家没一点儿关系，不过是镇上的人在瞎传罢了，没有任何证据表明两起案件是同一人所为。

他后来也时不时来我们家做客。虽然没带来任何有价值的线索，但知道有人在关心案子和我，我就很高兴了。

两家人在同一时期搬回了东京。离开小镇后，孝博也会时不时上门探望。"您家刚好在我放学回家的路上，我就忍不住来蹭饭了，对不起呀。"

他很不好意思地解释道，我却巴不得他来。听他随便聊聊学校里发生的事，我心里就乐滋滋的。

在爱美莉上小学前，我曾和在补习班结识的一位母亲讨论过"儿子可爱还是女儿可爱"。我当然觉得女儿可爱，因为可以给女儿穿好看的衣服，和女儿像朋友一样谈天说地，一起上街购物。那位母亲却说："我以前也这么想，但现在不是了。"

她生了一对姐弟，弟弟和爱美莉一样大。她告诉我——

"没孩子的时候，我一直都想要个女儿。因为女儿就算长大了，母女之间也能像朋友一样亲密。所以生下女儿的时候，我特别开心。但儿子出生以后，我才意识到女儿终究只能当朋友。相处起来是很愉快，但难免会暗暗较劲。看到女儿跟爸爸说悄悄话，我都会生气呢。儿子却是妈妈的小情人。虽然是亲生的，可到底是异性啊，所以不存在竞争。我愿意无条件地为他做任何事，而儿子的甜言蜜语也总能让我精神百倍。我很期待跟女儿聊男朋友的那一天，不过跟儿子聊女朋友的时候，我的心情大概会很复杂吧。"

听她这么一说，我也不禁想象起来，如果爱美莉是个男孩呢？爱美莉刚出生的时候，我觉得她几乎是我的翻版，后来她却越长越像父亲了，时常让我心头一凛。如果爱美莉是个男孩，我说不定会忍不住抱紧他。"一定要把孩子培养成才"的念头也许会比现在更强烈。

但事到如今，这些都不重要了。无论男女，只要孩子活着就好。

扯远了。我几乎把孝博当成了亲儿子。问起他有没有女朋友时，他笑着搪塞道"有几个经常一起玩的女生"，听得我竟有些五味杂陈。

他好像会时不时拜访在那座镇上认识的朋友，所以我也通过他听说了一些你们的近况。他说你们都过着平平淡淡的日子，都没什么可汇报的。起初我很生气，心想："果然不出所料。"但久而久之，我的想法就变了，觉得这样也好。

毕竟我该恨的是凶手，那些孩子也有她们的人生之路要走。

更何况，如果是爱美莉站在你们的立场上，我肯定会劝她"彻底忘掉那起案子吧"。也不知我花了多少年才想通，才开始由衷庆幸你们过上了正常的生活。

后来，孝博不再去小镇了，我也没再听说过你们，想起过你们，本以为你们会就此淡出我的记忆。

谁知今年初春，孝博找上门来，说他有了奔着结婚去的意中人，托我们牵线搭桥。孝博要结婚了啊……我虽有落寞，却也是满心欢喜，毕竟他愿意把这么重要的事托付给我们夫妇。我丈夫也很喜欢孝博，听说姑娘在某客户公司上班，他就干劲十足地答应了下来，表示会亲自联系姑娘的领导。

姑娘的名字却让我吃了一惊。没想到孝博心仪的对象，竟是当年的四个孩子之一。

孝博先向我们道歉，说他常去小镇的那段时间就喜欢上了纱英，年底又碰巧遇见她和同事聚餐，便觉得他们之间肯定有命中注定的缘分。最后他又道了一次歉："对不起，害叔叔婶婶想起了伤心事。"

我倒没有难过的感觉。孝博提起婚事时，我的第一反应明明是"哦，他也到年纪了"，可"和爱美莉同龄的女孩已经到了谈婚论嫁的年纪"这件事还是令我吃了一惊。我心想，原来都过去那么多年了啊。

如果爱美莉还活着……她本该和挚爱白头偕老的。我本该悉心呵护她，直到她踏上红毯的那一天。

我告诉孝博，你不必道歉。因为喜欢上一个人，不需要征得第三者的许可。

相亲后，两人进展顺利，定下了婚事。由于新娘是当年的女孩之一，我原本都快死心了，觉得自己可能收不到婚宴的请帖。没想到孝博头一个邀请的就是我们夫妇，还说"她也请你们务必赏光"。

当年的小女孩出落得袅袅婷婷，都看不出她来自那座乡下小镇了。她穿着雪白的婚纱，被一群同事模样的人围在中间，在无数祝福中笑容满面。

但在看到我的那一刹那，她的笑容消失不见了，眼神中写满了惧怕。有这样的反应也是理所当然。毕竟她是在人生中最幸福的一天，见到了一个会让她想起那起可怖凶案的人。我告诉她："忘了那些事吧，一定要幸福啊。"

她流着泪回答道："谢谢。"我也感到心头一松，庆幸自己能对当年的孩子说出这句早就该说的话，尽管不是每个孩子都听见了。

谁知，纱英杀了孝博。

可怕的罪孽连锁反应就此开启。

刚从丈夫那里听说时，我还当是哪里搞错了。那场洋溢着幸福的婚礼才过去不到一个月，新娘纱英怎么会杀死孝博呢？肯定是出了什么意外吧。比如有强盗闯进家里，孝博为保护纱英遇害，所以纱英才说是自己杀了他。

因为案子发生在遥远的外国，我都见不到孝博的遗体，只是间接听说纱英去警局自首，说自己"杀害了丈夫"。我甚至不敢相信，孝博已经死了。

我视若亲子的孝博……在爱美莉出事后，唯一为我带来了些许慰藉的孝博竟然……

如果见到了遗体，我说不定会对夺走爱子的纱英恨入骨髓。然而在那之前，我收到了一封信。

我读着那封好长好长的信，意识到自己一直都误会了她。没想到她把爱美莉的案子看得那么重。刚出事时被恐惧笼罩也是在所难免，更何况凶手迟迟没有落网。但生活若是平静寻常，她本可以逐渐淡忘的。她之所以深陷恐惧，以致身体都出了问题，正是因为她总也忘不了。或许她确实感受到了时不时落在自己身上的视线。

没想到孝博去那座小镇是为了监视纱英。没想到那些洋娃娃是孝博偷的。我不愿相信，但纱英又不像是在撒谎。话虽如此，我还是希望你们不要轻易断定孝博是个变态。因为我很理解他的感受。

在那座小镇时，他也很孤独。别说是跟乡下的孩子们建立友谊了，他的家庭本就是有问题的，所以他大概是不知道该如何建立人际关系吧。希望你们不要因为他爱上了洋娃娃，一直留意着和那个娃娃相像的女孩就谴责他。无论想占有纱英的动机是什么，他都一定会悉心呵护她一辈子。

纱英也在试着理解他、接受他，所以她的身体才会做出"可以成为女人"的判断。可就在那一刻，悲剧上演了。——这是我的错吗？

她把我在那天对你们说的狠话称为"约定"。都怪那个"约定"，她无法忘记那起案件，身心都无法走出当年的阴霾。但她还是在努力忘记一切，包括那个约定。我却参加了婚礼，在她最幸福的日子出现在她面前。

我让她"忘了那些事吧"。可对她而言，也许这句话反而成了勾起尘封回忆的契机。

是我害死了孝博吗？是我把纱英和那起案件牢牢绑在了一起吗？

我想搞清这些问题。不，我想要的是否定的答案。我想告诉自己，不是我的错。如果其他三人都把案子忘得一干二净，过着普普通通的生活，就可以确定纱英是特例了。

就算没有这一层目的，我也觉得自己是有必要通知你们的。因为从信的内容来看，你们恐怕也不知道纱英在案发后走过了怎样的心路历程。未经她同意就复印转寄确实不妥，但我觉得同为案件的亲历者，你们应该会谅解的。

不，没那么复杂。也许我不过是无法独自扛下纱英的罪孽罢了，所以我才把她的信转寄给了你们。没有附上一字一句，是因为我不知道该写些什么。

"你们还好吧？"——怎么能写这种话呢？

"千万别想不开！"——这就更荒唐了。

但我本该写点儿什么的。都怪我只寄了信，却什么都没写，连真纪都被逼上了绝路。

真纪的案子我是在电视上看到的。起初我完全没想到事情竟然跟真纪有牵扯。毕竟出事的地方是遥远的海滨小镇，虽说有歹徒闯入了一所小学，但只有一个孩子受了重伤，所以电视台也没有重点报道。只不过案子发生在小学的游泳池，我才动了深入了解的念头。

这起案件没有在电视上激起多少水花，在互联网和周刊杂志上的热度却很高。一位老师正面对抗歹徒，另一位老师却临阵脱逃，前者是年轻的女老师，后者则是当过运动员的男老师。也许在媒体看来，这就是最适合炒作的素材。

两位老师的真实姓名和大头照都被公之于众。看到真纪是其中之一时，我真的吃了一惊，却也由衷地欣慰。

谢天谢地，这孩子过上了正常的生活。不，她是努力闯出了自己的人生路。一个被案件阴云笼罩的人又怎么可能成为教师，保护孩子们呢？果然是纱英太软弱了，不怪我。

然而，欣慰转瞬即逝。我连日搜索关于真纪的新闻，搜着搜着，突然冒出了一些奇怪的帖子。

那些人说，真纪是个杀人犯。

电视里明明说，歹徒是自己扎伤了腿，最后掉进池子淹死了。那些帖子却说，都怪真纪一遍遍踹试图爬上岸的歹徒，他才会死的。

我也知道不能轻信网上的说法，却也不敢视而不见，便决定打电话去真纪工作的小学问一问。可能是接了太多恶作剧电话吧，电话打通后，对方开口便问姓名和工作单位，搞得我有些不知所措。但为了打听实情，我如实报上姓名。由于自己没有工作，我就报了丈夫的公司名和职务，说自己是"真纪老师的朋友的母亲"。没想到真纪刚好在学校，对方就让她来接了。

电话明明是我主动打的，我却满脑子都是"怎么办"。好像有很多问题想问，却又不知从何问起。

正胡思乱想时，真纪接过电话说道："后天会有一场临时家长会。有些话想让您听一听，请务必出席。"

说完她就挂了，但我松了一口气，因为她的语气很平静。一个踹死了歹徒的人是不可能那么淡定的，而且她亲自接了电话，说明她没被警方逮捕。于是我便想，网上的帖子肯定是胡编乱造的。

我大老远坐新干线赶了过去，想和真纪谈谈纱英的事情。虽然真纪自己还在风口浪尖上，但她既然一步一个脚印走到了今天，就一定愿意坐下来跟我聊一聊。

谁知真纪在台上说的那番话，把我进一步推向了名为"负罪感"的深渊。

起初是惊愕。真纪说，刚出事的时候，她还记得凶手的长相。那为什么不说？就算你是最早逃回去的，也不会有一个大人怪罪。要是你当年清清楚楚描述出凶手的模样该有多好啊！我定会对你千恩万谢，也不至于在案发三年后对你和她们几个说那种话了……但听着听着，我便意识到这不怪真纪。

因为我发现，她也被那起案件和我说的话困住了，以不同于恐惧的另一种形式。

如果我没说那些话，没转寄纱英的信，说不定真纪也会保护在场的孩子，却不会给歹徒致命一击……

我坐在体育馆后方，被罪孽的连锁反应压得喘不过气，只想尽快离开，却没有起身的力气。就在这时，一个难以置信的名字跃入耳中。

猛踹歹徒时，真纪想起了十五年前的凶手的模样，还提到了一个很像凶手的人。没想到他的名字会在这种场合出现。真纪还含糊其词道："还有一个人比他更像当年的凶手。"

她想表达的意思是不是——

凶手和爱美莉长得很像。

希望是她想错了。

也许她是在踢到歹徒的刹那想起了爱美莉的面容，却误以为自己想起了那个凶手的脸。

然后她顺势回忆起了神似爱美莉的男性名人。这样想才更合情合理。不，也许我是在这样强行暗示自己吧。

但在细想凶手之前，我必须先做一件事——斩断罪孽的连锁反应。

我本想总结真纪的发言，附上几句话寄给你们。谁知当天晚上，真纪的发言就一字不落地出现在了一家名声不太好的周刊杂志的网站上。我的名字被替换成了"A阿姨"，还被描述成了什么"神秘参谋"。

我托熟人撤下了那篇文章，但在那之前截了图，复印了两份，装进信封。

我已经原谅你们了。

再附上这句话。我原谅你们了，别做那些可怕的事了。杀死别人代替当年的凶手，又算哪门子的赎罪呢？只盼着上天听到我的祈祷。

谁知晶子也杀了人。事情就发生在那座小镇，死的还是她的亲哥哥⋯⋯

没有闲工夫写信了。

我去了那座小镇。

原来晶子杀害亲哥哥，是为了保护一个小女孩。

比起案发三年后的那番话，也许我更应该为爱美莉刚出事时发生的事情向她道歉。听闻爱美莉的死讯后，我可能一把推开她冲了出去。当时我脑子里一片空白，甚至不记得自己有没有那么做。只求你们理解，我推开晶子，绝不是因为恨她。我也从不觉得她可以被这么粗暴地对待。

但把她逼上绝路的，也许确实是我。

她没看那两封信，以为我是在催她履行当年的约定。说不定，这就是她把侄女错看成了爱美莉的原因。

我该怎么办才好？

万幸的是，我在晶子入住的医院联系到了由佳的父母，得知由佳租住的房子离医院只有三站路，于是我决定直接去找她。由佳的母亲已经十多年没跟我说过话了，起初好像都没听出来。我报上姓名后，她愣了片刻才反应过来。

"我知道您想在时效届满前找到凶手，也很理解您的心情，可由佳快要生了，眼下是最要紧的时候，能不能请您暂时不要去打扰她？"

她用慌张的语气如此回答。

听说由佳怀孕时，我不禁有些吃惊。毕竟纱英出了那种事，真纪和晶子似乎也不太相信男人，可能是受了案子的影响。

我心想，由佳都有孩子了，肯定不会有事的。因为我是过来人，深知女人怀孕后会变得格外坚强。即便遭遇一个人绝对无法承受的痛苦时，只要想到腹中还有一个自己必须保护的小生命，就能咬牙熬过去。只要她萌生了母性，重视胎儿多过自己，就不会鲁莽行事。

可我不能就这么回去。

因为有一张照片，我说什么都要拿给由佳看一看。我在电话里说，自己只想请她帮忙辨认一张照片而已，由佳的母亲才不情愿地报出了公寓的地址和她的手机号码。

我是带着照片来的。我也希望是真纪搞错了，但我必须去求证，因为我对她提到的那个人，犯过无法挽回的大错。

当然，我本打算让晶子也辨认一下。说不定晶子也记得凶手的长相，却谎称自己不记得了。可她告诉我，"别说是长相了，凶手的其他特征我也记不太清"。给她看了也是白搭……我甚至还松了一口气。没想到，她也提到了同一个名字。

据说她的表哥表嫂在案发当天来过小镇，还在车站见过一个长得很像他的人。而且，他是表嫂的小学老师。

我不敢再一个人待着了。也许我去找由佳，并不是为了让她否定"凶手是他"的假设，而是为了找个人倾诉自己当年的过错。但事态的发展没有给我机会，那就写在这里吧。

和他确定关系以后，我和秋惠日渐疏远。倒不是吵了架或性格不合，只是因为升上大四以后，我们进了不同的研讨小组，我也不像以前那样经常去学校了。

那是他当上小学老师的第二年。我跟家庭主妇似的成天泡在他租的房子里，趁他出门上班的时候打扫卫生、洗衣做饭，如痴如醉地做着从没碰过的家务。我甚至对他说："好想就这样跟你结婚，搬来一起住啊！"

他说："等你毕业了，我再正式去你家提亲。"我心花怒放。明明有他这句话就足够了，我却缠着他嚷嚷，嘴上说的不算数。于是他用不算丰厚的奖金给我买了一枚戒指，一枚镶着红宝石的订婚戒指。红宝石是我的诞生石。我真的好开心，在家等他的时候都会戴在左手无名指上欣赏，时不时摘下来擦一擦。

有一天，我在把玩时手上一滑，戒指滚到了书桌下。正要去捡，却看见一本陌生的笔记本从抽屉深处探出头来。看着就像是被使劲塞进最深处，以至于露出了一个角的秘密笔记。

也许那就是一本普普通通的学习笔记，但我还是决定抽出来看一看。因为我想知道关于他的一切。但我很快就后悔了。因为那是他的日记。要是寻常的日记，我也许只会带着一丝内疚，看得不亦乐乎。他要是提到了我，我说不定还会心头一暖。

然而，日记中尽是对某个割舍不下的女人的绵绵情意。

你怎么就忘了我们的山盟海誓？

你怎么就突然变了心？你为何沉默不语？

明知你背叛了我，我却夜夜思念着你。

我即刻就意识到日记中的"你"并不是自己。因为我就在这里。日记的日期恰好是我们开始交往的时候，惨遭背叛的打击让我冲回了自己家，窝在房间里。渐渐地，我真觉得身体不舒服了，在床上躺了好久都没起来。

没有食欲，身上热热的，仿佛在摇晃的小船上晕了船。

我做梦也没想到，不过是得知他心里有另一个女人，自己竟会受到如此之大的打击。我有这么软弱吗？只怪自己太气了，看到一半就冲了出去。要是看到最后，说不定就知道他惦记着的到底是谁了。只要能搞清那是个什么样的人，知道我比她强不就行了吗？他都答应跟我结婚了啊。

对了，秋惠会不会知道？要不问问她，他俩在餐馆打工的时候，有没有女人常来找他。

我立刻给秋惠打了电话。听说她之前就和我撮合的那位分手了，肯定能理解我现在的心情，会设身处地听我倾诉。

秋惠在家。她独自住在租来的小公寓。我去过一次，只觉得房子里昏暗得很，装潢摆设也很朴素，显得冷冷清清。她说自己正在填写求职用的简历。

"你不用找工作吗？哦，确实不用。富家女背景硬，想进哪家公司都不成问题吧。真羡慕啊。找我什么事？"

许久未见的朋友语气冰冷，拒人于千里之外。想必是求职不顺，心情比较烦躁，可我都这么难过了，她怎么能这么话里带刺呢？我顿时就来了气，便对她说："是不用找工作呀，因为我要跟他结婚了。他说等我一毕业就上门提亲，连订婚戒指都买啦。我都让他别破费了，他却坚持让我收下。对了秋惠，悄悄告诉你，我好像有身孕了，说不定都等不到毕业了。多亏你介绍我们认识，我才能这么幸福呀。"

不知为何，当时我明明只是有点儿不舒服，却非说自己怀孕了。大概是自我安慰吧。秋惠默默听着。于是我忘乎所以地说起自己是如何照顾他的日常起居，和他一起看过什么电影。听着听着，秋惠开口说道："要不来我家？我想当面跟你聊聊，打电话多没意思。也让我看看那枚漂亮的订婚戒指吧。"

一看表，已经九点多了。我本懒得在这个点出门，但秀过一通恩爱以后，我感觉好多了，心想去炫耀一下戒指也未尝不可。于是我告诉她"收拾一下就去"，便挂了电话。

从我家打车去她家通常是半小时左右，但那天是周末，路上很堵，花了将近一小时。我敲了敲她家的门，却无人应答。是不是没听见啊？我边想边握住门把手一转，却发现门没上锁，于是我就干脆进去了。她家只有玄关和六叠[1]大的里间，所以我一眼就看到了她。

她倒在一片血色的床上，割开了自己的手腕。我吓得六神无主，完全没想到要叫救护车，只顾着用她家的电话联系他。

"快来！"

他说和同事出去喝酒了，累得很，有事能不能明天再说。

---

1 日本常用面积单位，1叠约1.62平方米。——编者注

"不行，赶紧来秋惠家！她自杀了！"

这一回，我话还没说完，电话就断了。他会来的。我带着这个念头，迷迷糊糊地坐在秋惠身边，却发现书桌上有一封没封口的信。

是写给我的吗？毕竟是秋惠把我叫来的。打开一看，里面有一张信纸：

　　弘章，我永远爱你。

怎么回事？秋惠喜欢他？难道他也爱着秋惠？秋惠是死给我看的？她真的一心求死吗？如果我没被堵在路上，早点儿赶到，秋惠是不是就是自杀未遂了？……怎么办？他就快来了。

我把信塞进包里，冲了出去。就在这时，恰好有公寓的邻居外出归来，帮忙叫了救护车，但秋惠没能救回来。他也没有现身。

不知是打不到车，还是想尽快赶到，他问住同一栋公寓的同事借了车，自己开去了秋惠家，结果在半路上出了一起剐蹭事故。

两辆车都只是擦到了保险杠，没人受伤，但他喝了酒。而养在深闺的我并不知道——

教师酒驾，会被开除公职。

突然降临的种种，吓得我一走了之。

在去由佳家的路上，我满脑子都是他。是他杀了爱美莉？为什么？为什么偏偏在十年之后，偏偏在那座小镇？秋惠的遗书明明在我手里。当时大家都说秋惠是得了求职抑郁症，因为简历石沉大海才寻了短见。请你们不要误会，她是那么踏实，那么优秀。换作今天，她肯定能进大公司，成为一流的职业女性，在职场上大放异彩。但那个年代的社会不愿接纳她那样的女性。别说是有晋升机会的岗位了，哪怕是最基础的文职工作，她的简历都会被刷下来，没有机会参加笔试或面试，因为她出身乡下，没有背景。

在我认识的所有女性中，她真的是最聪明的一个。他会爱上那样的她不也是理所当然吗？只要他们中的任何一个跟我说一声，我就什么都不会做了。因为我对心里有别人的男人全无兴趣。

他是不是知道了我当年的所作所为？是不是知道我生生拆散了他们，还把他心爱的女人逼到了自杀的境地，然后逃之夭夭？对了，这附近是不是有一座和秋惠提起过的老家同名的小镇？……

我迷迷糊糊地想着这些事，从车站走到了由佳住的公寓。

那孩子总是透过镜片盯着周围的一切，她说不定还记得凶手的长相。事情都到这个份儿上了，我还幻想着由佳在看到他的照片后说"不是这个人"。正要走上楼梯时，一男一女的争吵声传来。我躲去树丛后面，心想自己来得真不是时候。片刻后，两人的身影出现在楼梯上方。

是由佳和一个男人。眼看着由佳要被推下来了。

情急之中，我下意识地掏出手机拨打由佳的号码。号码是之前就存在手机里的。说时迟，那时快，我也听过的刑侦片主题曲大声响起，男人应声摔下楼梯。由于光线太暗，我没看清他是怎么摔下来的。不过我没有现身，因为由佳在出事后表现得很镇定，还叫了救护车。如果她惊慌失措、大哭大喊，我说不定会立刻冲上去。直觉告诉我，不能出现在平静的由佳面前。

见由佳也上了救护车，我便叫了出租车。

上车缓了缓以后，我心想：最后一个孩子终究也染上了罪孽。如果我当时没有下意识地躲起来，如果我直接冲上去喊一声"住手"，而不是打由佳的手机……我后悔极了，却也深知世上没有后悔药吃。

我可能也在这个过程中慢慢做好了思想准备，也可能逐渐生出了"你们的连锁反应最终会轮到我头上"的预感。

这大概就是我能冷静听完由佳叙述的原因吧。

我不知道爱美莉去没人住的别墅玩过，却还记得戒指曾莫名失踪过。

我不敢扔掉他送的戒指和秋惠的遗书，把它们小心翼翼地装在盒子里，放在了衣柜深处。谁知搬家前打包行李时，爱美莉碰巧找到了那个盒子，还打开看。她一边打开戒指盒，一边眯起眼睛感叹："真好看！"她还问我："为什么只有这个戒指放在这里呀？"我只得搪塞道："因为是留给你的呀。"

爱美莉嚷嚷着"那现在就给我嘛"，但我告诉她："等时候到了，妈妈就会给你的。"我没有当场给她。爱美莉有点儿不高兴，但又很享受这种神神秘秘的约定。那孩子就吃这套。

等时候到了——等到说起她亲生父亲的那一天。

我逃离了他，又跟老朋友们混到了一起。我觉得那才是自己的归宿。我没法一边缅怀自杀的女人，一边伺候丢了饭碗的男人，没法守着他过穷日子。就在这时，我通过朋友认识了现在的丈夫——足立。

他的祖父是足立制作所的创始人，他也在五年前进了公司。眼神冷漠，看着有点儿吓人——我怀着这样的第一印象问道："你有别的意中人吗？"他回答道："要是有，我今天就不会来了。"于是我鞠躬道："那就请多关照了。"他像是被我的说法逗乐了，笑着伸出一只手道："也请你多多关照。"我们就这样开始了交往。

那应该是第三次约会的时候吧。开车兜风时，我突然一阵恶心，急忙让他靠边停车。谁知刚下车，我就两眼一黑，晕了过去。醒过来一看，我已经躺在了离下车的地方最近的私人医院，他则坐在床边。我急忙起身，他却让我多躺一会儿。

"不然会影响肚子里的孩子。"

我差点儿再次晕倒。还没发生关系的男朋友宣告我怀了身孕。完了，这就是逃跑的报应吧。老天爷不允许我忘记一切，独自幸福快乐。比起跟足立的关系，我更担心自己今后的人生。被家里人知道了该怎么办？被熟人知道了怎么办？我没法一个人活下去啊。我心想肯定要分手，便把孩子生父的事情告诉了足立，但没提秋惠。

谁知足立语出惊人。

"跟我结婚吧。生下这个孩子，就当是我的。"

足立如此提议，并非因为爱我，而是因为他没有生育能力。他说，可能是上大学时得的腮腺炎导致的，但没去医院检查过，也不好断定。不过他有无精症这件事是毋庸置疑的，因为自家公司的产品不会出错。

他有雄心壮志。他虽是创始人的孙子，但父亲是老二，伯父的儿子——他堂哥的继承顺位更高。但他认定自己比堂哥更有能力，对社长的位子势在必得。谁知某天拿公司产品验着玩的时候，他惊讶地发现自己没有生育能力。旁人会承认一个无法传宗接代的继承人吗？从那时起，他就几乎死了当社长的心。虽然朋友把我介绍给了他，但他本没有和我结婚的打算。

就在这个节骨眼儿上，医生告诉他，我怀孕了。

于是我们做了一笔交易。我得到了稳定的生活，他得到了社会信用。

我们很快就登记结婚了，并对外宣称我们刚认识就发生了关系，女儿虽然早产，但体重还算标准。"爱美莉"这个名字是创办公司的祖父取的，据说他出国留学时喜欢过的姑娘就叫"Emily"。

不过在我心里，爱美莉一直都是属于我一个人的。

但我们也不是不被爱着的。足立很体贴我，对爱美莉更是视如己出。

"那一天"全然没有要到来的迹象。所以戒指本该和秋惠的遗书一起放在盒子里，沉睡在员工公寓的衣橱深处。

一天，我拿出衣柜深处的珠宝盒，想拿些珍珠首饰戴去公司的聚会，却发现那个盒子的盖子稍有错位。

拿出来一看，里面的戒指连盒一起消失了。那封遗书也不见了。第二天，戒指找回来了，遗书却一去不复返。

"爸爸要是知道妈妈喜欢别人，肯定会很伤心的，所以我心想，一定要把东西藏到外面去。戒指要回来了，可信已经被扔掉了。对不起，对不起……"

爱美莉哭得我心都碎了。她误以为遗书是我写的，可我根本写不出那么工整的字。

爱美莉把戒指和遗书藏在了闲置的别墅。为了办自由学校四处物色房产的他碰巧找到了。他大概是想找个和秋惠有渊源的地方从头来过，所以才会来这一带看房。不难想象，他肯定吃了一惊。打开随手找到的饼干罐一看，里面竟装着眼熟的戒指，还有写给自己的遗书。

他应该很快就意识到了，那是秋惠写的。

然后，他可能四处调查了一番。调查那个夺走了他毕生挚爱和意欲倾注满腔热血的事业（这笔账也得算在我头上吧），又逃之夭夭的女人身在何处，在做些什么，最看重什么。

害死爱美莉的原来是我。

你们明明只是碰巧卷进来的，却把我说的气话牢牢记在心底，带我找到了凶手。

这一回，轮到我向你们赎罪了。

告别由佳后，我去见了他。

在前往那所被周刊杂志大肆报道过的自由学校的路上，我一直都在思考自己该如何"赎罪"，该为你们做些什么。

请个好律师，确保你们全都无罪释放？在生活上资助你们，还是给些精神损失费？

但我觉得，这么做只会让你们更鄙视我。

我真正该做的是坦白当年的罪孽，并向凶手——南条弘章道出真相。

爱美莉的生父就是你。

我明明白白告诉了他。

至于他的结局，想必你们都已经通过电视和报刊了解到了。无须我在此多费笔墨，你们应该也能理解我的感受。

这样一来，你们是不是就能原谅我了？

是不是就能摆脱笼罩多年的魔咒了？

足立麻子

尾声

夏日晴空，夕暮将至。

两人无视上锁的后门，爬上铁丝网。

一个拿着老旧的排球，另一个捧着一小束花。

她们走向操场。

"还说什么加强了安保措施呢，这么容易就溜进来了……你怕是深有体会吧。有没有留下什么心理阴影？"

"我还好。倒是你，今天能看清东西吗？"

"劳你记挂，但连传一百下还是没把握一次性成功。"

"那就试到成功为止，就跟那天一样……"

她们把东西放在脚下，面对面站好。

白球在两人之间来来去去。

一、二、三……五十一、五十二、五十三……九十一、九十二……

"九十三……怪我怪我！"

弹开的球越滚越远。

滚远的球。五个追着球跑的孩子。

穿工作服的男人——南条弘章捡起了球。

"叔叔是来检查游泳池更衣室的换气扇的，但一时粗心忘了带梯子。只要骑在叔叔肩上拧个螺丝就行，有没有人愿意帮个忙呀？"

最矮的孩子接过球道："我个子最小，最好扛。"

最高的孩子上前一步道："够不着换气扇就麻烦了，要不让我去吧，我个子最高。"

戴眼镜的孩子在后面插嘴道："你们会拧螺丝吗？我可会拧了！"

最壮的孩子得意扬扬道："要是螺丝太紧怎么办？我力气大，肯定没问题的！"

南条依次打量在场的五个孩子："个子不能太矮，也不能太高……眼镜掉了也麻烦，你看着又重了点儿……"

他走向看起来最聪明的孩子——爱美莉，说："你最合适。"

爱美莉回头看向另外四人，面露忧色。

个子高的孩子拍了拍手，朗声提议："大家一起去吧！"

其余三人也表示赞成。

南条有些为难，但还是笑着说道："谢谢你们，可是更衣室太小了，这么多人一起去会影响叔叔工作的，而且容易磕着碰着，所以你们还是在这儿等吧，很快就好。回头请你们吃冰激凌呀。"

四个孩子欢呼起来。

南条牵起爱美莉的手。

对血缘一无所知的父女，渐渐走远……

两人捡起球，继续传球。

"……一百！"

深深吸气，缓缓呼出。

她们拿起东西走向体育馆，并排坐在门口的台阶上。

"对我们来说，那件事到底算什么呢？"

"还有之后的十五年。"

"她的信——写得那么长，都能算手记了吧。看完之后，我不由得想，我的人生到底算什么呢。"

"一个阴差阳错，遭殃的就是我了——正因为我们是这么想的，才会被她的话压得喘不过气。结果搞了半天，我们都只是被殃及的池鱼。"

"照理说，她当年做了那么过分的事，出事后就没想过'可能是我的错'吗？"

"不这么想就是她的行事风格吧。会这么想的人本就不会惹出那种事。"

"也是。不过我也不忍心怪罪她。毕竟最痛苦的就是她了。而且也多亏了她，我现在才能过上正常的生活。"

"最后算故意伤害罪，判了缓刑？"

"嗯。毕竟那人死于失血过多，伤口又是他自己捅的。我从头到尾都没碰过刀，踹的那一脚也不是直接死因，所以算故意伤害罪。虽说有家长帮忙征集签名，还写了请愿书，律师也鼓励我坚持下去，拼一把无罪释放，但我觉得能争取到缓刑就够了，反正都辞职了。"

"以后有什么打算？"

"还没定，慢慢考虑吧。也琢磨琢磨当年要没遇到那件事，我的生活会是什么样子。再说了，我也放不下她俩。"

"她们那边怕是还要耗上一阵子。"

"一个正当防卫，一个精神错乱，都不好办啊。好在她们都自首了，也没有动机，又有知名律师辩护，应该会有个好结果的吧——希望一切顺利，可我心里也没底。"

"她们都是会乖乖听律师安排的人，结果肯定不会太糟。你接受了她介绍的律师倒是让我挺意外的。"

"你觉得我会拒绝？"

"换作我，大概会拒绝的。"

"……怎么说呢，我决定坦然接受送到自己眼前的善意，试着承认自己的无力，放下别扭的自尊。我也没想到你会一口咬定是意外啊。本以为你会多此一举，老实交代人是自己推下去的，只为了在她面前争一口气。"

"毕竟我已经不是孤家寡人了。单亲妈妈的孩子本就吃亏，妈妈要是成了罪犯，孩子多可怜啊！"

"都能想到这一层啦。"

"不止，我甚至能理解她当年的感受了。要是我遇到了那种事，搞不好也会对孩子的玩伴说出那种狠话。"

"当妈的就是可怕……不对，是坚强。你住在父母家吧？再过几年，孩子是不是要来这儿上学了？"

"不会啊，你没听说？这里明年三月就要撤并了。还不是因为出生率太低了，镇上的孩子以后都得坐校车去邻镇上小学了。教学楼也旧了，说是会拆掉。"

"所以你才联系了我？"

"对不起啊，明明是让我们四个人一起来的。"

"没关系，能赶在拆除之前来一趟也好……那我们俩就去做个了结吧。"

"嗯，做个了结……说不定再过两年，镇子都要被合并掉了。"

"明明是空气最干净的小镇。"

"合并完了还是照样拿空气干净作卖点。"

两人相视而笑。

《绿袖子》的旋律悠然响起——

"走吧。"

两人站起身。

目光落在小小的花束上。

"好像那次吃的蛋糕哦。"

"还真是。大概因为我让花店的人弄成十岁小姑娘会喜欢的样子吧。"

    ——在时效届满之前，给我找出那个凶手。找不到，就用我满意的方式赎罪。

两人走向游泳池。

"双手合十，祈祷爱美莉在天国安息。——当时怎么就没想到呢？这才是我们最应该做的。"

"也许这十五年，就是用来让我们意识到这一点的。"

两人拉长的影子落在操场上。

——晚霞笼罩小镇。

读客®
悬疑文库

认准读客读悬疑，本本都是大师级。

专注出版中、英、美、日、意、法等世界各国各流派的顶尖悬疑作品。

为读者精挑细选，只出版两种作品：

经过时间洗礼，经典中的经典；口碑爆表、有望成为经典的当代名作。

跟着读客悬疑文库，在大师级的悬疑作品中，

经历惊险反转的脑力激荡，一窥人性的善恶吧。

扫一扫，立即查看悬疑文库全书目，

收集下一本精彩悬疑！